한 달 뒤, 지구는

멸망합니다

익사이팅북스 레벨 3

한 달 뒤, 지구는 멸망합니다

지은이 이레 | **그린이** 김수영

찍은날 2024년 12월 13일 초판 1쇄 | **펴낸날** 2024년 12월 20일 초판 1쇄
펴낸이 신광수 | **CS본부장** 강윤구 | **출판개발실장** 위귀영 | **디자인실장** 손현지
아동문학파트 백한별, 강별 | **출판디자인팀** 최진아, 김현중 | **저작권 업무** 김마이, 이아람
출판사업팀 이용복, 민현기, 우광일, 김선영, 신지애, 허성배, 이강원, 정유, 정슬기, 정재욱, 박세화,
김종민, 정영묵, 전지현
CS지원팀 봉대중, 이주연, 이형배, 이우성, 전효정, 장현우, 정보길
펴낸곳 (주)미래엔 | **등록** 1950년 11월 1일 제16-67호 | **주소** 서울특별시 서초구 신반포로 321
전화 미래엔 고객센터 1800-8890 팩스 541-8249 | **홈페이지 주소** www.mirae-n.com

ⓒ 이레, 김수영 2024

ISBN 979-11-7311-400-7 74810
ISBN 978-89-378-8860-1 (세트)

KC 마크는 이 제품이 공통안전기준에 적합하였음을 의미합니다.
사용 연령: 8세 이상

한 달 뒤, 지구는 멸망합니다

이레 글 ㅣ 김수영 그림

Mirae N 아이세움

차례

1. 이상한 계절

　검은색 지프차 한 대가 태봉산 입구에서 서서히 멈췄다. 바바리코트를 입은 한 남자가 지프차에서 내렸다. 길이가 유난히 긴 바바리코트도 남자의 길쭉한 다리를 완전히 가리지는 못했다. 남자는 태봉산 입구에 서서 주변을 둘러보았다.

　분명 태봉산까지 오는 길은 춥고 황량했다. 바람이 거칠게 불었고 뿌연 먼지가 바람 따라 날렸다. 유독 태봉산과 맞닿아 있는 마을의 나무들은 전부 잿빛이었다. 하지만 남자의 눈앞에 있는 태봉산은 다른 마을에서 봤던 나무들과 달리 울창했고, 심지어 한겨울임에도 습기마저 느껴졌다. 겨울이라 앙상한 나뭇가지를 드러내고 있어야 할 나무들은 온통 초록빛 잎을 달고 있었다. 기이한 풍경이었다. 남자는 '끝나지 않는 태봉산의 여름'

이라는 제목으로 이상 기후에 대해 보도했던 며칠 전 뉴스가 생각났다.

"뉴스에서 봤던 장면보다 심각해. 12월인데 숲이 이렇게 우거지고 푸르다니! 올해 마지막 보름달이 뜨기까지 얼마 안 남았는데……."

남자가 중얼거리며 태봉산을 향해 연신 카메라 셔터를 눌렀다. 그러고는 바닥에 있는 흙을 한 움큼 집었다. 붉은빛을 띤 흙은 비옥해 보였다.

"생명의 기운이 태봉산에 과하게 모이고 있어. 진짜로 '그것'이 여기 태봉산에 있는 걸까? 태봉산과 이웃한 마을들만 유독 나무들이 시들다 못해 죽어 가니……."

남자는 불안한 눈으로 태봉산을 한참 바라보다가 서둘러 지프차에 올라탔다. 갈 길이 멀었다. 남자는 서울의 북쪽 맨 끝에 위치한 모루동에 가서 확인해야 할 것이 있었다.

밤바람이 스산하게 불며 녹슨 철 대문을 슬그머니 흔들었다. 비뚜름하게 벌어진 대문 틈을 휘젓는 바람 소리가 흐느끼는 소리처럼 들렸다.

"이야옹!"

"어우, 깜짝이야!"

고양이의 날카로운 울음소리에 놀란 우진이는 마루문을 열다가 어깨를 움츠렸다. 웹 소설을 쓰다 말고 턱을 괸 채 졸고 있던 엄마가 눈을 게슴츠레 떴다.

"우진아, 화장실 가니? 화장실 문 고장 나서 아마 안 열릴 거야. 잠깐만 기다려 봐."

엄마는 벌떡 일어나 다락으로 후다닥 올라갔다. 무언가를 뒤지고 찾는 소리가 한참 이어지더니 엄마가 품에 낡은 황금색 요강을 안고 내려왔다. 요강은 방에 두고 오줌을 누는 그릇으로 옛날에 화장실이 집 안에 없던 시절, 방 안에서 쓰는 변기 같은 물건이다.

"엄마, 그 요강 아직도 안 버렸어요?"

"이걸 왜 버려? 우리 부모님이 이 요강을 외증조할머니에게 받고 결혼해서 10년 만에 나를 낳았는걸. 그리고 내겐 추억이 깃든 물건이라 버릴 수가 없어."

요강을 물려받았더니 아기가 생겼다고? 우진이는 아무리 생각해도 이해할 수 없었다. 게다가 오줌 누는 요강에 추억이라니, 그런 추억은 알고 싶지 않았다.

"우진아, 너 어렸을 때 물 마시고 자는 습관 있었잖아. 그래서 새벽마다 네가 오줌이 마려워서 깨니까 엄마가 항상 옆에 이 요강을 놔뒀어. 요강이 있으니까 너도 맘 편히 자더라."

엄마의 말에 우진이가 낡은 요강을 가만히 바라보았다. 밤중에 깨서 눈을 비비며 소변을 보던 기억이 어렴풋 떠올랐다. 요강을 보던 우진이의 마음이 묘하게 편해지는 것 같았다. 그러다 이내 고개를 절레절레하며 말했다.

"어쨌든 수표네 집도 그렇고 다른 집들도 이제 전부 수리한 집에서 사는데……. 우리 집만 이게 뭐예요?"

우진이가 투덜거렸다. 엄마가 요강을 바닥에 내려놓고 뚜껑을 열어 우진이 앞으로 밀며 말했다.

"일단 여기에 볼일 봐. 엄마가 안 볼게."

"아, 싫어요!"

어찌 됐든, 초등학교 5학년 남자아이가 엄마 앞에서 소변을 본다는 건 절대 있을 수 없는 일이었다.

결국 우진이는 옷깃을 여미고 마당으로 나왔다. 밤이 되니 바람이 쌀쌀했다. 우진이는 마당에서 잠시 하늘을 올려다보았다. 시커먼 구름이 바람결에 빠르게 움직였고 둥근 달은 오늘따라 가까워 선명해 보였다.

우진이가 사는 모루동은 서울의 북쪽 끝자락에 있는 낡고 오래된 산동네다. 모루동 북쪽에는 모루고개라 불리는 언덕배기가 있다. 이 언덕배기를 오르다 보면 두 갈래 골목길이 나오는데, 오른쪽 골목으로 가면 눈에 띄게 허름한 집이 나온다. 바로 우진이네 집이다.

외증조할머니 때부터 살았다는 우진이네 집은 화장실이 마당에 있다. 그 말은, 방에서 나와서 마루에 걸터앉아 신발을 신은 뒤 서너 발짝은 가야 볼일을 볼 수 있다는 뜻이다. 그나마 우진이가 태어나기 전에 수세식으로 공사를 한 것이 다행이었다.

우진이가 화장실 손잡이를 잡아당겼다. 하지만 오래된 화장실 문은 잘 열리지 않았다.

"아, 엄마! 제발 화장실 문 좀 고쳐 주세요! 잘 안 열린다고

몇 번을 얘기했는데."

"힘으로만 잡아당기니 안 열리지. 손잡이를 부드럽게 돌리면서 천천히 당겨 봐."

화장실 문과 씨름하던 우진이는 겨우겨우 문을 열어 볼일을 보고 나왔다. 밖으로 나오자마자 달려드는 서늘한 바람에, 우진이는 진저리를 치며 몸을 움츠렸다. 우진이가 거실로 들어가자 그사이 엄마는 거실에 누워 팔베개를 한 채 텔레비전 뉴스를 보고 있었다.

"세상에! 우진아, 저것 좀 봐."

"뭔데요?"

엄마가 가리킨 텔레비전 화면에는 너른 바다, 그리고 해안까지 떠밀려 온 돌고래 사체들이 떠 있었다. 엄마가 말했다.

"돌고래 뱃속에서 페트병이랑 비닐봉지가 한가득 나왔대. 딱하기도 하지⋯⋯. 얼마나 아팠을까? 전부 인간들이 버린 쓰레기겠지?"

우진이는 돌고래 뱃속에서 나왔다는 온갖 쓰레기가 자신의 뱃속에도 가득한 모습을 상상하자⋯⋯ 배가 슬슬 아파 오는 것 같았다. 우진이가 배를 살살 문질렀다. 쓰레기가 쌓이고 쌓이면 돌고래와 우진이뿐 아니라 지구까지 병드는 건 아닐까, 하는 걱

13

정이 설핏 들었다.

엄마는 한숨을 쉬며 텔레비전을 껐다. 그러더니 갑자기 왼손을 들고 고개를 갸웃거렸다.

"이상하네? 우진아, 오늘 엄마 반지가 유난히 반짝거리지 않니?"

"아, 몰라요. 우리도 집 안에 화장실 있는 집으로 이사 가든가 해요."

"조금만 기다려. 엄마 웹 소설이 대박만 나면…… 그날로 당장 이사 갈 거니까!"

"도대체 그게 언젠데요?"

우진이가 두 팔을 번쩍 들고 하늘을 향해 외쳤다.

"휴, 하늘에서 돈벼락이라도 떨어지면 좋겠네!"

그때였다.

콰쾅!

집 대문이 찌그러지는 듯한 소리가 들렸다. 우진이와 엄마는 깜짝 놀라 서로 끌어안았다. 잠시 뒤, 주위가 조용해지자 둘은 마루문을 열어 밖을 살폈다. 대문 바깥쪽에서 연기가 솔솔 올라오더니 이내 사라졌다. 우진이가 신발을 대충 구겨 신고 재빨리 뛰어가 대문을 벌컥 열었다.

　대문 앞에는 번쩍거리는 무언가가 떨어져 있었다. 둥그런 그
것은 눈부시도록 강렬한 빛을 뿜었다. 영롱하고 아름다운 돌덩
이 같기도 했고, 푸른빛을 강하게 내며 진동하는 모습이 '작은
지구' 같기도 했다. 마치 우주에서 보는 지구 같았다.

　우진이가 소리쳤다.

　"엄마! 대문 앞에 이상한 게 있어요!"

　엄마가 허둥지둥 대문 밖으로 나왔을 때, 둥근 물체는 이미

황금색 요강으로 그 모습이 변해 있었다. 엄마가 대문 밖 골목길을 두리번거리며 화를 냈다.

"어떤 녀석이 우리 집 대문에 요강 던졌어? 당장 나와!"

하지만 외진 골목길에는 누군가 다녀간 흔적은커녕 적막만 감돌았다. 우진이가 말했다.

"엄마, 이거 요강 아닌 것 같은데……."

엄마는 우진이 말은 듣지도 않고 한숨을 길게 내쉬며 새 요강을 들고 집 안으로 들어갔다.

우진이와 엄마는 방금 주운 요강을 거실 한가운데에 놓고 노려보았다. 엄마가 먼저 입을 뗐다.

"제법 묵직한 게 상상하고 싶지 않은 게 들어 있는 것 같구나. 더군다나 접착제라도 바른 것처럼 뚜껑도 안 열리고 정말 이상하단 말이지. 안 그래, 우진아?"

"분명 아까는 이런 요강이 아니었어요. 빛이 환하게 났다가 곧 푸른빛도 났다니까요. 지구처럼요!"

엄마가 고개를 저었다.

"아니야. 봐, 이건 누가 봐도 요강이잖니? 역시 내가 낳은 아들답게 상상력이 풍부하구나. 어쨌든 어떤 녀석인지 내 손에 잡히기만 해 봐!"

'그럼 내가 잘못 본 건가?'

우진이는 요강을 이리저리 살피다가 뚜껑을 열어 안을 보려 했다. 하지만 뚜껑은 도무지 열리지 않았다.

"후유, 피곤하다. 이 요강은 엄마가 내일 분리수거해서 버릴 테니 마루에 내놓고 자렴."

엄마는 못 말린다는 듯 우진이를 지켜보더니 하품을 하며 방 안으로 들어갔다.

우진이가 황금빛 나는 황금 요강을 다시 들었다. 엄마 말대로 꽤 무거웠다. 요강에 비친 우진이의 얼굴이 요강의 둥근 굴곡을 따라 외계인처럼 기묘하게 삐뚤어졌다.

우진이는 엄마의 낡은 요강을 엄마 방문 앞에 슥 밀어 놓고, 대문 앞에 떨어졌던 황금 요강은 자기 방에 들고 가 침대 옆에 내려놓았다.

"아무래도 이상하단 말이지. 누군가 이 안에 돈이나 금덩이를 넣고 밀봉한 다음, 다른 누군가에게 뺏기기 전에 우리 집에 던진 걸 수도 있어. 그리고 분명 푸른빛이 났었는데……. 혹시 초소형 우주선? 그래서 이 안에 손가락만 한 외계인이 있는 거 아냐? 그래, 일단 뚜껑을 열어야 해!"

우진이는 드라이버를 이용해 황금 요강의 뚜껑을 열어 보려

했지만 어림도 없었다. 바닥에 떨어뜨리거나 책상 모서리에 힘껏 부딪쳐 보기도 했다. 역시나 턱도 없었다. 오히려 반들거리는 요강에 작은 생채기 하나 남지 않는 것이 신기했다.

그렇게 밤새 요강과 씨름하다 보니 어느새 동이 트고 있었다. 우진이는 몸을 흐물거리며 침대 위에 대자로 드러누웠다. 더 이상 손가락 하나 들 힘조차 남아 있지 않았다.

"휴, 저 요강…… 엄청나게 단단하잖아."

우진이는 한마디 겨우 뱉고는 곧바로 잠에 빠졌다.

다음 날, 우진이의 몸 상태가 평소와는 달랐다. 기상 시간이 되자 우진이는 알람 없이 저절로 눈이 떠졌고, 걸핏하면 지각하기 일쑤였는데 평소보다 학교에 일찍 도착했다. 몇 시간 못 자고 일어난 것치고는 몸이 꽤 개운하다고 우진이는 생각했다. 수업 시간 내내 졸지 않았을 뿐더러, 오히려 평소보다 정신이 맑았다. 피곤할 때마다 귓가에 웡웡 울리던 이명도 들리지 않았다.

오늘따라 컨디션이 좋다고 느낀 이유는 또 있었다.

우진이의 단짝 친구 수표가 체육 시간이 되자마자 얼굴을 뿌루퉁하며 투덜거렸다.

"나는 세상에서 뜀틀이 제일 싫어."

자기 차례가 되자 수표는 열심히 도움닫기를 했지만 곧 뜀틀 위에 주저앉고 말았다.

다음은 우진이 차례였다. 우진이가 힘차게 도움닫기를 했다. 그런데 느낌이 이상했다. 뜀틀을 넘을 때 마치 새가 되어 날고 있는 것 같았다. 곧 가뿐히 착지한 우진이는 아이들의 기립 박수까지 받았다.

우진이는 운동 신경은 좋았지만, 체력이 좋지 않아 과격하게 뛰고 나면 남들보다 더 힘들어했다. 하지만 오늘은 조금 달랐다. 운동장을 두어 바퀴 뛴 다음, 뜀틀을 넘었는데도 몸이 유난히 가뿐한 느낌이었다.

수표가 못마땅한 얼굴로 우진이 옆에 다가왔다.

"초우진! 좋겠다, 넌. 운동 신경 하나는 타고나서."

수표도 우진이처럼 모루고개에 살고 있다. 두 아이는 어려서부터 늘 붙어 다닌 터라 형제나 다름없는 사이다. 수표네 부모님은 모루고개에서 자그마한 '수표 편의점'을 운영하고 있다.

"그새 키가 더 컸냐? 한눈에 봐도 170센티미터는 훌쩍 넘어 보이는데."

우진이는 모루 초등학교 5학년 중에서도 키가 가장 컸다. 우

진이가 통통하고 새하얀 볼을 가진 수표를 내려다보았다.

"너는 언제 클래?"

수표가 어이없다는 듯 말했다.

"너만 성장기냐? 나도 곧 클 거거든? 내가 맘만 먹으면 너보다 더 클걸?"

우진이가 피식 웃었다. 그러고는 주위를 살피더니 엄청난 비밀이라도 이야기하는 것처럼 수표 귀에 속삭였다.

"어젯밤에 어떤 정신 나간 사람이 우리 집 앞에 요강 하나를 던져 놓고 갔는데, 뭐가 들었는지 엄청 무거워. 근데 뚜껑은 절대 안 열리고! 그 안에 엄청난 게 들어 있을 것 같지 않냐?"

수표가 의심스러운 눈으로 우진이를 쳐다보았다.

"요강? 어렸을 때 너희 집에 있던 오줌똥 누는 그거 말하는 거야? 바보냐? 요강 안에 들긴 뭐가 들었겠어. 오줌 아니면 똥이겠지! 아무튼, 이따가 초공 아지트에서 만나자."

그때, 운동장 바닥이 짧게 두어 번 흔들렸다. 아이들이 크고 작은 비명을 내지르며 서로 불안한 눈길을 주고받았다. 그날, 전 세계 곳곳에서 진도 2에서 3 정도의 지진이 동시에 발생했다는 뉴스가 저녁 내내 길가에서 흘러나왔다.

2. 수상한 연구소

　모루고개 끝은 갈림길에서 좌우로 나뉜다. 오른쪽 갈림길로 올라가면 나오는 꼭대기에는 회색 건물이 하나 덩그러니 있다. 녹슨 철망과 들쭉날쭉 자란 나무로 둘러싸인 곡대 연구소다. 곡대 연구소에 사람이 왕래하는 것을 본 사람은커녕, 모루동 사람들 그 누구도 무엇을 연구하는지조차 알지 못했다. 그저 버려진 연구소일 뿐이라고 말하는 사람도 더러 있었다.

　우진이네 집에 황금 요강이 떨어진 날 밤, 곡대 연구소로 향하는 소형 트럭이 모루고개를 오르고 있었다. 트럭 운전석에 앉은 김 부장은 졸음과 사투를 벌이고 있었다.

　김 부장은 한때 경호원으로 일했지만, 지금은 곡대 연구소에서 최곡대 소장의 비서로서 모든 잔일을 도맡아 한다. 그날은 새벽부터 일어나 태봉산에 다녀온 터라 잠이 쏟아졌다. 졸음을 쫓으려 차 안 음악 소리를 최대로 높이면서 바깥 소리가 잘 들리지 않았다. 그것이 문제였다.

곡대 연구소의 철문을 지난 소형 트럭이 연구소 건물 앞에 멈춰 섰다. 김 부장은 트럭에서 내려 입고 있는 검은 양복의 먼지를 탁탁 털었다. 차바퀴가 구르는 소리를 듣고 얼굴이 붉게 상기된 최곡대 소장이 헐레벌떡 연구소 밖으로 뛰어나왔다.

"왜 이렇게 늦은 거야? 하루 종일 기다렸잖아!"

최곡대가 발을 동동 굴렀다.

"죄송합니다. 교통사고라도 났는지 오는 길이 엄청 막혔어요. 근데 새벽부터 찾아간 태봉산이 글쎄, 이 한겨울에 밀림처럼 푸릇푸릇하지 뭡니까? 나무들이 얼마나 빽빽한지 태봉산 우주 연구소까지 가는 데 여간 오래 걸린 게 아니었어요."

"그래? 역시 보고받은 대로군."

"게다가 강달래 박사 말입니다. 물건을 안 주려고 하길래 거의 뺏다시피 가져왔어요. 어찌나 실랑이를 했는지! 다른 연구원들도 안 보이고 분위기가 좀 이상하던데, 소장님이랑 오늘 전달받기로 약속했던 거 아닌가요?"

"당연히 약속했지. 근데 안 주려 했다고? 별일이네. 아무튼,

수다는 그만 떨고 빨리 물건이나 보자고!"

최곡대 소장과 김 부장은 서둘러 트럭 뒤 화물칸으로 갔다. 그런데 싱글벙글하며 화물칸 앞에 선 최곡대의 얼굴이 점점 새하얗게 변했다.

"문, 문이 왜……?"

화물칸 문 한쪽이 활짝 열려 있었다. 최곡대가 닫혀 있는 다른 쪽 문을 벌컥 열었다. 천장에 걸린 전등의 불빛이 깜빡거렸다. 최곡대가 화물칸으로 펄쩍 뛰어올랐다. 안은 휑뎅그렁했다.

"내 물건 어디 있어!"

최곡대가 자신보다 훨씬 덩치가 큰 김 부장의 멱살을 잡고 마구 흔들었다.

　"엉? 내 골드문스톤 어디 있냐고!"

　김 부장의 몸은 꿈쩍도 안 했다. 최곡대가 신신당부했던 일이라, 김 부장은 가만히 당할 수밖에 없었다. 김 부장이 들릴 듯 말 듯한 목소리로 대답했다.

　"제가 분명히 여기에 놨어요……. 출발 전 잠금장치도 확인했는데, 왜 열려 있지?"

　김 부장은 음악을 크게 틀었던 것을 후회했다. 음악 소리 때문에 화물칸 문이 열리는 소리를 듣지 못한 것 같았지만, 차마 최곡대에게 그렇게 말할 순 없었다. 최곡대 소장은 바닥에 주저앉아 밤하늘에 무심히 떠 있는 달만 하염없이 바라보았다. 최곡대의 인생 최악의 밤이었다. 골드문스톤 없이는 그동안 쌓아 온 모든 노력이 물거품이 될 처지였다.

　"비밀리에 연구해 이제야 겨우 연구 결과가 나왔는데! 전 세계가 바로 나를, 이 최곡대를 주목할 중대한 시점이란 말이야! 골드문스톤의 존재를 실제로 보여 주면서 연구 결과를 발표해야 이 연구소도 정식 허가를 받을 수 있다고! 그런데, 그 귀한 걸 잃어버려? 당장 찾아내! 못 찾으면 내 인생도, 네 인생도 끝이야!"

최곡대가 악악거리며 김 부장의 다리를 뻥뻥 찼다. 김 부장은 어금니를 꽉 깨문 채 최대한 덜 맞으려 엉덩이를 뒤로 슬금슬금 뺐다.

세찬 바람에 화물칸 문이 계속 덜컹거렸다.

모루고개 끝 갈림길에서 왼쪽 갈림길로 죽 가면 풀밭이 펼쳐진 꼭대기가 나온다. 풀밭에는 높고 길게 이어진 철망이 빙 둘러 있는데, 철망은 낡아 여기저기 녹이 슬었다.

그리고 이곳에는 무성한 풀밭에 가려 사람들 눈에 잘 띄지 않는 공터가 있다. 이 공터는 초우진, 공수표, 공수지 세 아이가 재활용 플라스틱으로 아무렇게나 쌓아 만든 비밀스러운 아지트가 있는 곳이다. 아지트의 지붕은 우진이 키보다 낮고, 1.5 리터 페트병을 이어 붙인 시옷 자 모양으로 되어 있다. 안쪽 공간은 아담하지만, 비가 오는 날에는 아지트 안에 있어도 아늑한 느낌을 받을 수는 없다. 가뜩이나 좁은 공간에 천장에서 새는 비를 받을 섭시까지 놓아야 했기 때문이다. 아지트 입구 위쪽에는 세 아이의 성에서 따온 '초공 아지트'란 간판이 매직으로 어설프게 쓰여 있다. 중요한 것은 이 '초공 삼총사'가 아지트

26

를 만든 스스로를 몹시 대견하게 생각한다는 점이다.

수지는 수표의 한 살 아래 여동생이다. 단발머리에 앞머리는 자로 잰 듯 반듯하고 콧잔등에 주근깨가 콕콕 박혀 있다. 수지는 자신의 주근깨가 치명적인 매력 포인트라며 언제나 당당하게 이야기한다. 그리고 늘 우진과 수표를 껌 딱지처럼 쫓아다닌다. 셋이 항상 붙어 다니는 탓에 동네 사람들은 수지가 우진이의 동생인지, 수표의 동생인지 헷갈려했다.

우진이는 학교 수업이 끝나자마자 초공 아지트로 향했다. 원래라면 추운 계절에 초공 아지트에서 셋이 모이는 일은 절대 없다. 모루고개 끝은 겨울에 기온이 뚝 떨어져 무지 춥기 때문이다. 하지만 12월인데도 날씨는 아직 봄처럼 따뜻하고 포근했다. 아지트에 다다를 무렵, 수지의 노랫소리가 왕왕 울렸다.

"내 마음 몰라, 왜 몰라! 너만을 향해 있는데~에!"

우진이가 초공 아지트에 도착했을 때, 예상대로 수지는 격하게 몸을 흔들며 춤을 추고 있었다. 이미 도착한 수표는 따분한 표정으로 춤추는 수지를 바라보고 있었다. 수지는 장래 희망이 아이돌이어서 늘 춤과 노래에 관심이 많다.

우진이가 다가가 활짝 웃으며 신나게 손뼉을 쳤다.

"수지야, 너 진짜 잘 춘다!"

수지는 몸이 유연해서 한 번 본 춤은 그대로 따라 출 줄 알았다. 우진이가 보기에, 수지는 춤과 노래에서만큼은 천재 같았다. 그래서 그런 수지를 늘 아낌없이 칭찬했다.

"수지 넌 세계 최고의 아이돌이 될 거야. 내가 보증해."

수표가 우진이의 말을 듣더니 툴툴거렸다.

"야, 너 때문에 쟤는 자기가 진짜 잘하는 줄 알잖아. 이제 바람 좀 그만 넣어."

수지가 냉큼 우진이의 팔짱을 꼈다. 우진이가 수지의 머리를 다정하게 쓰다듬었다. 수지는 한결같이 다정한 우진이를 수표보다 더 잘 따랐다. 수지가 입을 삐죽 내밀며 말했다.

"공수표, 시끄러워. 괜히 시비 걸지 마라."

"오빠한테 버릇없이! 공수지 너, 엄마한테 다 이를 거야."

"흥, 그러시든지!"

따스한 오후의 햇살이 반짝거리며 초공 아지트 위로 쏟아졌다. 수표가 우진이에게 물었다.

"아, 참! 그 요강은 열어 봤냐?"

"아니. 뚜껑을 얼마나 단단히 붙였는지 꿈쩍도 안 해. 그래서 일단 집에 놔뒀어."

"우진 오빠! 나도 수표 오빠한테 들었는데, 혹시 그거 요강이 아닐 수도 있지 않을까?"

수지가 대화에 끼어들었다.

"역시 수지 네 생각도 그렇지? 똥오줌이 들었으면 냄새가 났을 텐데 아무런 냄새도 안 났거든. 외계에서 온 물건 아닐까? 처음 봤을 때 눈부실 만큼 푸른빛이 났어, 진짜로!"

수지가 어이없다는 듯 피식 웃었다. 수표도 고개를 젓더니 가방에서 보온병과 컵라면 세 개를 꺼내 풀밭에 내려놓았다.

"초우진 너는 체력도 약한 애가 헛것이라도 본 거 아니냐? 아, 됐고! 배고프니까 라면이나 먹자."

"수표 오빠, 또 젓가락 안 가져왔지? 아지트에 남은 거 있으니까 내가 가져올게."

그런데 자리에서 일어난 수지가 별안간 초공 아지트를 가리키며 소리쳤다.

"오빠! 저거 뭐야?"

우진이와 수표가 동시에 초공 아지트 쪽을 쳐다봤다. 종이 여러 장을 조잡하게 얼기설기 붙인 입구 밑에 길쭉한 종아리가 보였다. 수표가 깜짝 놀라 더듬거렸다.

"왜 저기에 사람 발이……."

삼총사는 숨죽여 초공 아지트 입구 쪽으로 살금살금 다가갔다. 우진이와 수표가 서로의 등을 밀며 앞서거니 뒤서거니 했다. 그러다 앞장선 우진이가 긴 다리를 들어 아지트에서 튀어나온 발을 툭툭 건드렸다. 아무런 반응이 없었다.

수지가 말했다.

"죽었나 봐! 얼른 119에 전화해!"

수표가 호주머니에서 허겁지겁 휴대폰을 꺼내다 바닥에 떨어뜨렸다. 그때, 아무 움직임도 없던 발이 갑자기 아지트 안으로 스르륵 들어갔다.

"으아아악!"

셋은 동시에 뒷걸음질을 치며 비명을 질렀다. 곧 우진이가 용기를 내 슬금슬금 아지트로 다시 다가갔다.

"누구냐! 나와!"

우진이는 겁을 줄 작정으로 소리 높여 말했다. 상대방은 아무 대답도 없었다. 이번에는 목청 좋은 수지가 더 크게 소리쳤다.

"남의 아지트에서 뭐 하는 거예요? 당장 나오라고요!"

누군가 꾸무럭대며 아지트에서 기어 나왔다. 체형이 마른 남자였는데, 허리를 쫙 펴자 대충 봐도 키가 2미터는 되어 보였다. 남자가 모자를 눌러 쓰고는 굵은 목소리로 나지막이 말했다.

"간만에 잘 자고 있었는데 왜 이리 시끄럽냐?"

수표가 말했다.

"아저씨, 진짜 뻔뻔하네요. 여기는 우리 아지트라고요!"

수지는 왠지 낯익은 얼굴이라고 생각하며 고개를 갸우뚱거렸다.

"엥? 아저씨, 혹시 사진작가 아니에요?"

우진이가 맞장구쳤다.

"맞네! 매일 우리 동네 돌아다니면서 사진 찍는 아저씨! 그리고 너네 편의점 단골손님이잖아."

남자가 기지개를 켰다.

"뭐, 덕분에 잘 쉬었다. 너희 아지트니? 제법 잘 지었더라."

우진이는 남자를 찬찬히 훑었다. 눈꼬리가 내려간 맑은 눈동자를 보니 위험한 사람 같아 보이진 않았다. 비뚜름하게 쓴 모자와 옷을 겹겹이 입은 모습이 바다를 떠도는 해적 같기도 하고, 무대에 선 패션모델처럼 세련돼 보이기도 했다.

"이래 봬도 아지트 설계는 제가 했어요."

우진이 말에 수지와 수표도 덩달아 말했다.

"재료는 수표 오빠랑 제가 가져왔고요."

"우리 셋이 힘을 합쳐 지은 거예요."

하지만 남자는 관심 없다는 듯 무심하게 건너편 모루고개 꼭대기를 가리키며 물었다.

"저기 저 연구소에서 뭘 연구하는지 아니?"

셋은 고개를 가로저었다. 남자가 팔짱을 끼며 말했다.

"호기심이라곤 전혀 없는 어린이들이로구나. 너희 셋 다 공부 못하지?"

셋은 반박하지 못한 채 동시에 남자를 노려보았다. 남자가 재빨리 말을 돌렸다.

"그런데, 저 연구소 쪽에서 구리구리한 냄새 안 나니?"

삼총사가 연구소를 향해 코를 킁킁거렸다. 얼핏 고약한 냄새가 나는 것도 같았다.

우진이가 물었다.

"잘 모르겠어요. 그런데 왜 여기서 주무셨어요?"

"저 연구소가 궁금한데 문이 닫혀 있어 들어가지는 못하고, 주변만 좀 둘러봤단다. 그러다 밤이 늦어서 어쩌다 보니……."

수표가 남자를 올려다보며 말했다.

"우리 편의점 단골손님이라 뭐라 하고 싶지는 않은데, 앞으로 저희 아지트에 또 무단 침입하시면 곤란해요."

"걱정하지 마. 나는 남의 것을 멋대로 탐하는 야비한 사람이 아니니까. 그런데 정말 냄새가 나는 것도 같단 말이지."

여전히 주변을 킁킁거리는 남자를 보며 수지가 말했다.

"아저씨, 저 연구소 말이에요. 제 생각엔 좀비 연구를 하는 건 아닐까 싶어요. 요즘 좀비가 유행이잖아요?"

"좀비? 그러고 보니 좀비일 수도 있다는 생각은 못 했는데."

남자의 표정이 심각해지자 수표가 어이없다는 투로 수지에게 말했다.

"너 좀비 본 적 있어?"

"만화랑 영화에서 봤지. 그리고 실제로 있을 수도 있잖아?"

우진이가 말했다.

"모루동 사람들도 저 연구소에서 뭘 연구하는지 몰라요. 연구소 주변이 으스스해서 사람들이 잘 안 가기도 하고요. 설마 엄청난 걸 연구하겠어요? 여기는 한낱 모루동인데."

남자가 우진이의 말에 어깨를 으쓱했다.

"모루동이 왜? 이 동네는 참 정겹고 멋진걸. 아무튼 알려 줘서 고맙다. 참, 너희 아지트에서 재워 준 것도 고맙고."

남자가 아이들을 성큼성큼 지나쳤다. 수표가 남자를 끝까지 째려보며 말했다.

"맘대로 우리 아지트에서 자 놓고 재워 주긴 무슨……."

내리막길로 향하던 남자가 갑자기 가다 말고 서서 아이들을 돌아보았다.

"너희, 여기 자주 오지?"

아이들이 고개를 끄덕였다. 남자가 주머니에서 명함 한 장을 꺼내 우진이에게 내밀었다.

"혹시 저 연구소에 사람이 드나든다거나 조금이라도 수상한 점을 발견하면 나한테 연락 좀 줄래?"

수표가 손뼉을 찰싹 마주치더니 촐랑대며 말했다.

"아, 맞다! 몇 달 전부터 밤에 가끔 큰 트럭이 올라가요."

"뭘 싣고?"

수지가 대답했다.

"그건 모르겠지만, 그때마다 고약한 냄새가 나요."

"그래? 흠, 다음에 그 트럭을 또 보면 나한테 알려 주렴."

남자가 떠나고 우진이는 명함을 살펴보았다. 명함에는 이메일 주소와 휴대폰 번호가 쓰여 있었다. 우진이의 눈에 제일 먼저 들어온 건 '사진작가 이미남'이라는 글자였다.

남자가 가고 난 뒤 한바탕 소동을 치른 초공 삼총사는 아지트에 들어가 둥글게 앉았다. 우진이가 컵라면 세 개에 보온병의 뜨거운 물을 부었다. 라면이 익자 셋은 뜨거운 면을 훌훌 불어 가며 먹었다.

라면을 다 먹은 수표가 컵라면 용기와 나무젓가락, 음식물 쓰레기를 비닐봉지 하나에 욱여넣었다. 그 모습을 본 우진이가 말했다.

"공수표, 그거 집에 가져가서 꼭 분리수거해라."

"귀찮게 뭐 하러?"

"우리 엄마가 분리수거는 꼭 해야 한댔어. 줘 봐. 내가 집에 가서 할게."

우진이가 컵라면 용기와 음식물 쓰레기를 각각 비닐봉지 두 개에 나누어 담았다. 수지가 손으로 입가를 닦으며 말했다.

"아까 그 아저씨는 집도 없나 봐?"

수표가 말했다.

"그런데 우리가 공부 못하는 건 어떻게 알았지?"

그러자 수지가 아지트 구석에 떨어져 있던 구겨진 종이 한 장을 펴 한심하다는 눈빛으로 수표를 향해 흔들었다. 수표의 수학 시험지였다. 시험지에는 빨간 펜으로 '50점'이라고 쓰여 있었다.

"그래도 나는 반이나 맞았다고. 수지 너는 수학 40점 맞았잖아. 내가 모를 줄 알고?"

수지가 버럭 화내더니 수표의 등을 철썩 때렸다.

"왜 남의 시험지를 훔쳐봐? 그러는 오빠는 뜀틀도 제대로 못 넘으면서!"

"뭐? 초우진 너 그새 그걸 수지한테 말했냐?"

수표가 식식거리며 우진이를 노려보았다. 우진이가 한숨을 쉬었다.

"너희들 그만 좀 싸워. 지겹지도 않냐? 그나저나 저 연구소 좀 이상하긴 해. 트럭이 밤에만 다니는 것도 그렇고."

우진이가 다 쓰러져 가는 연구소 쪽을 심각하게 바라보았다.

3. 별똥별이 쏟아지던 밤

　골드문스톤을 잃어버린 악몽 같은 밤이 지나가고 있었다. 날이 밝자마자 김 부장은 트럭 블랙박스의 메모리 카드를 헐레벌떡 들고 왔다. 최곡대 소장이 메모리 카드를 받아 곧장 컴퓨터에 끼웠다. 그리고 김 부장이 몰던 트럭의 뒤쪽 화물칸 안을 촬영한 후방 카메라 블랙박스 영상을 틀었다.

　영상 속의 김 부장이 모는 트럭은 태봉산 우주 연구소를 벗어나 유유히 고속도로를 달렸다. 차가 붐비는 퇴근길을 뚫고, 트럭은 부지런히 달려 모루동에 도착했다. 그런데 모루고개를 오르기 시작하면서부터 차 안 스피커에서 나는 시끄러운 음악 소리가 영상에 담겼다. 최곡대는 김 부장을 흘겨보았다. 김 부장이 재빨리 고개를 숙이며 딴전을 피웠다.

그런데 갑자기 컴퓨터 모니터 화면이 끊기면서 영상이 잘 나오지 않았다. 당황한 김 부장은 최곡대의 눈치를 보며 황급히 말했다.

"아, 아무래도 알 수 없는 전파 방해가 있었던 것 같습니다."

그러다 곡대 연구소 앞에 도착할 때쯤, 영상이 다시 선명해졌다. 그사이 영상 속 트럭 뒷문은 열린 채 덜그럭거리고 있었다.

"모루고개에 진입하기 전까지는 문제가 없었던 거군."

최곡대 소장이 분을 참지 못하고 김 부장의 멱살을 힘껏 흔들었다.

"문을 제대로 안 닫아서 가파른 오르막길에서 열린 거 아냐! 잠금장치를 확인했어야지, 한가하게 음악 감상이나 해?"

"저는 정말 억울하다니까요? 분명 뒷문은 확실하게 닫았다고요."

김 부장은 최곡대 소장에게 매번 멱살을 잡혀 화가 났지만, 그렇다고 대들 수는 없었다. 단지 뒤돌아선 최곡대의 뒤통수를 향해 주먹만 꽉 쥐어 볼 뿐이었다.

최곡대는 블랙박스 영상을 몇 번이나 반복해서 돌려 봤다. 김 부장이 모루고개를 오르는 동안 트럭을 멈춘 적은 없었다. 적정 속도를 유지했고, 트럭 근처로 무언가 다가온 흔적도 없었다. 아무리 봐도 골드문스톤이 사라진 지점은 모루고개 초입부터 곡대 연구소 정문 사이의 길이었다.

"대체 어디로 굴러간 거야?"

아무리 생각해도 답은 나오지 않았다. 모루고개에는 CCTV 조차 설치돼 있지 않았다. 최곡대 소장은 머리를 쥐어뜯었다. 최소한의 운영비만 지원받으며 비밀스럽게 운영되던 곡대 연구소가 점점 사람들 기억 속에서 잊혀지고 있었다. 연구소가 세워진 뒤 흐른 12년은 긴 세월이었다. 많지 않은 연구비 지원조차 끊길 위기였다. 정부의 인내심도 점점 바닥나고 있다는 것을 최곡대는 잘 알고 있었다.

12년 전, 절대로 잊을 수 없는 그날 밤. 최곡대는 천체 망원경과 카메라 장비를 펼쳐 놓고 모루고개 꼭대기에 서 있었다. 이제 막 천문학 박사 학위를 받아 열정으로 가득 차 있던 나날이었다.

그날 밤은 시간당 150개 이상의 유성이 쏟아지는, 이른바 '우주 쇼'가 펼쳐질 예정이었다. 컴컴한 어둠이 몰려오자 적막을 깨는 풀벌레 소리가 사방에 울렸다.

최곡대는 유성이 떨어지는 멋진 장면을 여유롭게 촬영하고 싶었다. 그래서 서울을 벗어나지 않으면서도 인적이 드문 장소를 수소문했다. 간신히 찾은 곳이 바로 이곳, 모루동에 있는 모루고개 꼭대기였다. 와 보니 생각보다 외진 곳이라 드나드는 사람이 없어 유성을 관찰하기에 딱 안성맞춤이었다. 최곡대는 밤새 모기와 사투를 벌이며 밤하늘만 쳐다보았다.

예정된 시간이 다가오자, 유성 하나가 반짝거리는가 싶더니 곧 수많은 유성이 비처럼 쏟아져 내렸다. 찬란한 장면이었다. 최곡대는 가슴이 벅차올랐다.

바로 그때, 최곡대의 인생을 송두리째 바꿔 놓은 어마어마한 사건이 일어났다.

"어? 저게 뭐지?"

난데없이 돌풍이 불며 최곡대가 쓰고 있던 모자가 날아가고, 몸은 중심을 잡지 못할 정도로 휘청거렸다. 최곡대는 바닥에 납작 엎드려 하늘을 올려다보았다.

곧 믿을 수 없는 광경이 눈앞에 펼쳐졌다. 거대한 원반형 우주선이 모습을 드러내며 점점 가까워지더니 심하게 흔들거렸다. 우주선은 위태로이 모루고개에 착륙했다. 좌우로 심하게 흔들리는 모습이 착륙보다는 추락에 가까워 보였다.

간신히 착륙한 우주선에서 연기가 나기 시작했다. 우주선은

당장이라도 폭발할 것 같았다. 당황한 최곡대는 모루고개 아래로 허둥지둥 도망치듯 내달렸다. 그렇게 뛰다가 문득 뒤를 돌아보니 연기는 어느새 멈춰 있었다.

"가만, 이럴 게 아니지!"

최곡대는 다시 모루고개 꼭대기로 뛰어 올라갔다.

"내가 우주선을 발견하다니! 세상에 이런 일이!"

최곡대의 온몸이 흥분에 휩싸였다.

"아, 신이시여!"

최곡대는 우주선 주위를 한 바퀴 둘러보다가 출입구처럼 열려 있는 문 앞에 섰다. 문에는 안으로 향하는 계단이 만들어져 있었다. 누군가 급하게 문 밖으로 빠져나간 것처럼 보이기도 했다. 고민하던 최곡대는 우주선 안으로 들어갔다.

우주선의 표면은 금속으로 덮여 있어서 바깥에서는 우주선 안이 보이지 않았다. 그런데 막상 안에 들어가니 투명한 유리창이 사방을 두르고 있어 밖이 훤히 보였다. 신기한 기술이었다. 조종석으로 보이는 두 자리는 비어 있었다. 최곡대는 누군가 있을지도 모른다는 생각에 급하게 주변을 두리번거렸다. 하지만 아무도 보이지 않았다. 문어처럼 다리가 여럿이거나 파충류처럼 피부에 비늘이 덮인 외계인은 보이지 않았다.

갑자기 계기판 스피커에서 음성이 들려왔다. 최곡대는 깜짝 놀라 몸을 움츠렸다.

"우주에 단 하나뿐인 골드문스톤을 반드시 교체해야 해. 그러지 않으면, 지구가 얼마나 더 버틸 수 있을지……."

나이 든 남자 목소리였다.

'골드문스톤? 전 우주에 단 하나라고?'

그때, 우주선 한쪽에서 은은한 빛이 뿜어져 나왔다. 놀랍게도 그곳에는 둥그런 물체가 영롱하게 빛나며 허공에 둥실 떠 있었다. 빛을 받은 다이아몬드처럼 눈이 부셔 똑바로 쳐다보기 어려웠다. 그러다 곧 푸른빛을 뿜으며 우주선 안을 푸르게 비추었다. 알 수 없는 물체를 보며 최곡대가 멍하니 중얼거렸다.

"아름답군……. 마치 우주에서 푸르게 빛나는 지구처럼."

"어서 가져가거라. 골드문스톤을……."

또다시 스피커에서 나오는 음성에 최곡대가 홀린 듯 손을 뻗어 골드문스톤을 품으로 끌어당겼다. 골드문스톤은 최곡대의 품에 묵직하게 떨어지자마자 찬란했던 빛이 꺼지고 최곡대가 어린 시절 보았던 요강으로 변했다.

예사로운 물건이 아닌 듯했다. 최곡대는 골드문스톤을 아기 다루듯 조심히 끌어안았다.

골드문스톤의 따듯한 기운이 온몸에 퍼졌다. 순간 알 수 없는 묘한 감정이 들더니, 최곡대는 골드문스톤을 아무에게도 빼앗기지 않겠다고 결심했다.

"이건 내 거야……. 하하하!"

우주선에서 나오자 계단 같은 출입구가 스르륵 올라가 사라졌다. 그러고는 다시는 열리지 않았다.

그 뒤, 모든 것은 재빠르게 진행되었다. 정부는 우주선을 중심으로 철망을 둘렀고, 모루고개 꼭대기에 연구소로 쓸 건물을 세웠다. 우주선과 골드문스톤의 비밀을 밝혀내기 전까지, 연구소는 정부의 정식 허가를 받을 수가 없어서 연구비도 충분히 지원받지 못했다. 대신 최초 발견자인 최곡대가 소장이 되어 이 연구소를 운영하기로 했다. 연구소는 최곡대의 이름을 따 '곡대 연구소'라는 이름으로 정해졌다.

최곡대는 골드문스톤을 외부 사람들에게 공개하지 않았다. 그리고 태봉산 우주 연구소의 수석 연구원인 강달래 박사와 함께 연구를 시작했다.

최곡대는 태봉산 우주 연구소를 방문해 직접 강달래 박사에게 골드문스톤을 건넸다.

"박사 과정을 밟던 시절에 수석으로 졸업한 내 동기, 강달래 박사! 우리 같이 과학계에 한 획을 그어 보자고!"

강달래가 말했다.

"참 나, 설레발은. 어쨌든 좀 기다려 봐. 골드문스톤은 지구에 존재하지 않는 광물이라 연구가 쉽진 않겠지만, 아주 흥미로운 물질인 건 확실하니까."

하지만 그날로부터 5년이 지났고, 골드문스톤과 우주선의 비밀을 밝히기는 쉽지 않았다. 그렇게 연구 결과 발표는 차일피일 미뤄졌다.

그러던 어느 날, 미국의 국립 항공 우주국 과학자들이 이 연구를 돕기 위해 곡대 연구소를 찾아왔다. 한국의 과학자들과 미국의 과학자들은 머리를 맞대고 우주선의 입구를 열 방법을 고안했다. 하지만 우주선의 문은 그 어떤 방법으로도 열리지 않았다. 그렇다고 우주선을 부술 수도, 폭파시킬 수도 없는 노릇이었다. 며칠 뒤 미국 국립 항공 우주국의 국장으로부터 제안이 왔다.

"우주선과 골드문스톤을 저희 쪽에 보내는 것은 어떠십니까? 저희가 한번 연구해 보겠습니다. 연구가 끝나면 결과를 공유하고, 우주선과 골드문스톤을 다시 한국에 돌려 드리지요."

최곡대는 국장이 꿍꿍이를 숨기고 있다고 생각했다. 그 제안을 받아들였다가는, 과학계에 길이 남을 성과를 빼앗길뿐더러 우주선과 골드문스톤도 돌려받지 못할 거라고 믿었다.

다행히 우리 정부도 미국의 제안을 탐탁해하지 않았다. 최곡대는 분노를 누르며 완곡하게 전했다.

"그 제안은 거절하겠습니다. 나중에 제가 직접 연구 결과를 발표할 겁니다."

결국 미국의 과학자들은 별다른 성과 없이 돌아가야 했다.

그날 이후, 최곡대는 아무도 믿을 수 없게 되었다. 우주선과 골드문스톤을 꽁꽁 숨기며 외부와의 접촉을 극도로 꺼렸다. 아무것도 공개하지 않아야 우주선과 골드문스톤을 도둑맞을 일도 없고, 연구 결과도 기습적으로 발표해야 모든 공과 업적이 최곡대 자신에게 그대로 돌아올 것이었다.

최곡대는 우주선과 골드문스톤을 빼앗길지도 모른다는 망상이 점점 심해져 사람을 만나기도 어려울 지경이 되었다. 그래서 김 부장을 자신의 경호원이자 비서로 고용했다. 오직 믿을 사람은 김 부장, 그리고 강달래 박사뿐이었다.

그렇게 다사다난한 12년이 흘렀다. 마침내 태봉산 우주 연구소의 강달래 박사가 최곡대 소장에게 연구 결과 보고서를 보내주었다. 보고서를 받은 그날, 최곡대는 감격에 겨워 눈물 콧물을 줄줄 흘렸다.

최곡대는 곧바로 '곡대 연구소 연구 성과 발표회'를 준비했다. 정부 고위 관계자들을 곡대 연구소에 초대해 성대하게 발표할 예정이었다.

'이 발표가 끝나면 어마어마한 예산이 곡대 연구소에 책정되겠지. 그럼 남들이 버린 쓰레기를 처리해 주는 일로 연구비를 마련하는 고생도 이젠 끝이야. 어차피 연구 자금 들어오면, 저 쓰레기쯤이야 그 돈으로 다 태워 버리면 돼!'

최곡대는 조급했던 마음이 사라지면서 콧노래가 절로 나왔다.

하지만 지금, 골드문스톤은 감쪽같이 사라졌다. 인생 최고의 기회가, 인생 최대의 위기가 되어 버린 셈이었다.

최곡대 소장과 김 부장은 차를 끌고 모루고개 아래로 향했다. 그리고 모루고개를 마주하고 서서 끝이 보이지 않는 오르막 길을 올려다보았다. 최곡대는 땅이 꺼져라 한숨을 쉬었다.

"그러니까, 멍청한 네 녀석 때문에 내가 이 고생을 해야 한단 말이지?"

김 부장이 한껏 불쌍한 표정을 지으며 말했다.

"강달래 박사가 골드문스톤을 주지 않길래 어렵게 빼앗았어요. 그랬더니 눈을 부릅뜨고 저를 쫓아오더라니까요? 너무 무서워서 얼른 골드문스톤을 트럭 화물칸에 넣고 서둘러 도망치느라 잠금장치까지는 미처 확인을……."

"태봉산 우주 연구소도 성과가 없어서 자금 지원이 끊겼다더니, 강달래가 감히 내 연구를 망치려고 작정한 거로군. 흥, 어림없지!"

최곡대 소장이 말을 끊으며 김 부장을 힘껏 쏘아보았다. 김 부장이 아랑곳하지 않고 흥분하며 말을 이었다.

"게다가 태봉산 나무들은 정글처럼 빽빽하게 나 있지, 공격할 것처럼 다가오는 것 같지, 어찌나 운전하기 힘들었는지 아세요? 산을 빠져나오는 데만 해도 엄청 오래 걸렸……."

"변명은 듣기 싫어!"

김 부장이 씩씩거리더니, 벌게진 얼굴을 들키지 않으려 먼저 앞장섰다.

최곡대 소장과 김 부장은 주변을 기웃거리며 천천히 모루고개의 오르막길을 올랐다. 가다 보니 편의점이 보였다. 수표 편의점이었다. 두 사람은 잠시 편의점 앞에서 쉬었다 가기로 했다. 김 부장이 수표 편의점에 들어가 음료수 두 개를 사 왔다. 둘이 편의점 앞 탁자에 앉아 잠시 숨을 고르는데, 옆 탁자에서 수표와 수지가 티격태격 말다툼을 하고 있었다. 그런데 김 부장의 눈에 수표가 의자처럼 깔고 앉은 나무 상자가 눈에 띄었다.

"저게 왜 여기 있지?"

김 부장이 말을 더듬거리며 벌떡 일어나 나무 상자를 가리켰다. 김 부장 때문에 깜짝 놀란 최곡대가 음료를 먹다 사레가 들려 켁켁 기침을 해 댔다.

"골드문스톤을 담았던 상자잖아!"

"뭐라고? 골드문스톤?"

최곡대 소장도 김 부장을 따라 의자에서 벌떡 일어섰다. 김 부장이 뛰어가 수표를 퍽 밀치고는 나무 상자를 품에 안았다.

"아야얏!"

수표가 바닥에 넘어졌다. 수지가 소리쳤다.

"아저씨, 왜 남의 의자를 뺏고 난리예요? 얼른 내놔요!"

최곡대가 아이들에게 다급히 물었다.

"이 꼬맹이들! 이 상자 어디서 난 거냐?"

수표가 엉덩이를 문지르며 말했다.

"우리 집 앞에 버려져 있었어요. 의자 크기로 적당하길래 여기에 둔 건데요?"

"맞아요! 그러니까 우리 거라고요!"

수지가 김 부장에게 달려들며 나무 상자를 힘껏 잡아당겼다.

김 부장이 손아귀에 힘을 잔뜩 준 채 물었다.

"끄응, 혹시 안에 아무것도 안 들어 있었냐?"

수지도 여전히 나무 상자를 놓지 않고 외쳤다.

"아무것도 없었어요! 우리 거라니까요?"

김 부장은 예상보다 힘이 억센 수지를 밀어내느라 씩씩거렸다.

엄청난 기세로 달려드는 수지가 적잖이 당황스러웠다. 김 부장이 마지막으로 힘을 주어 나무 상자를 낚아채려 했다. 하지만 이대로 당하고만 있을 수지가 아니었다. 수지가 김 부장의 팔을 콱 깨물었다.

"으아악!"

"치사하게 애들 의자를 뺏으려고요?"

수표도 뛰어와 김 부장의 다른 팔을 물었다.

"아악! 아파, 아프다고!"

수지와 수표가 김 부장의 허리에 대롱대롱 매달렸다. 그 광경을 본 최곡대 소장이 한숨을 내쉬더니 양복 안주머니에서 지갑을 꺼내 억지 미소를 지으며 수표에게 만 원을 내밀었다.

"얘들아, 우리는 저기 모루고개 끝에 있는 곡대 연구소에서 일하는 사람들이란다. 나쁜 사람 아니야. 혹시 이 나무 상자를 우리에게 파는 건 어떠니? 아저씨 집에 두면 너~무 유용할 것 같아서 말이야."

만 원을 손에 쥔 수표가 김 부장의 팔을 천천히 놓았다.

"아, 우리 아지트 맞은편 꼭대기에 있는 연구소요? 거기 이름이 곡대 연구소였구나! 진작에 말씀하시지. 이웃끼리 싸우면 안 되죠!"

수지가 여전히 김 부장의 허리에 매달린 채 수표에게 소리 질렀다.

"공수표! 너 지금 뭐 해?"

이번에도 최곡대 소장이 한숨을 쉬며 다시 지갑을 열었다. 이제 지갑에 남은 돈이라곤 5만 원짜리 지폐 한 장이었다. 아쉬운 듯 망설이던 최곡대가 5만 원짜리 지폐를 수지에게 내밀었다. 그제서야 수지는 김 부장의 팔을 스르르 놓았다.

최곡대가 말했다.

"얘들아, 나중에 내 연구소에 꼭 놀러 오렴. 아니지, 그때는 연구소에 사람들이 미어터질 테니 못 들어오려나? 으하하!"

최곡대가 호탕한 웃음을 지으며 편의점 앞을 떠났다. 팔을 부여잡은 김 부장도 나무 상자를 겨우 들고는 부랴부랴 최곡대의 뒤를 따랐다.

수표는 억울하다는 표정으로 자신이 손에 쥔 만 원과 수지가 손에 쥔 5만 원을 번갈아 쳐다보았다. 수지는 수표의 눈빛을 애써 무시한 채 말했다.

"나무 상자를 도대체 어디에 쓴다는 거야? 참 이상한 아저씨들이다. 그렇지, 오빠?"

4. 도둑맞은 요강

다음 날, 우진이는 수업을 마치고 집으로 가고 있었다. 그런데 교문을 나서기 시작하면서부터 살살 아프던 배가 모루고개쯤 오자 당장 화장실로 뛰어가야 할 만큼 요동치듯 아프기 시작했다. 생각해 보니, 아침에 마셨던 우유 맛이 조금 이상했던 것 같기도 했다.

"제발! 조금만 참자! 거의 다 왔어!"

괄약근에 힘을 줘 가며 겨우 집 앞에 도착한 우진이가 힘차게 대문을 열고 들어갔다. 마당에는 엄마의 슬리퍼가 뒤집힌 채 널브러져 있었다. 우진이는 책가방을 마루에 내동댕이친 뒤 곧장 화장실 문손잡이를 힘껏 잡아당겼다.

하지만 문은 소리만 요란할 뿐 꿈쩍도 하지 않았다. 다시 숨을 한번 내쉬고는 온 힘을 다해 문손잡이를 당긴 때였다. 우진이가 뒤로 벌렁 나자빠졌다. 문은 여전히 열리지 않았고 우진이 손에는 망가진 문손잡이가 들려 있었다. 더는 참을 수 없었다. 하늘이 노래질 지경이었다. 당장 마당에 신문지라도 깔아 볼일을 해결해야만 했다.

마루에 뛰어 올라간 우진이가 엄마 방으로 들어갔다. 다행히 엄마의 낡은 요강은 방 안에 있었다. 그 순간 우진이는 올해 크리스마스 선물로 요강을 받는다고 해도 감격해서 눈물이 날 것 같았다.

잠시 뒤, 낡은 요강을 만난 우진이의 몸과 마음에 평화가 찾아왔다. 우진이가 서둘러 요강 뚜껑을 닫았다. 영 내키진 않았지만, 이제 화장실로 가 요강에 싼 대변을 버려야 했다. 그때였다. 우진이의 휴대폰 진동이 요란하게 울렸다. 전화를 받자마자 들리는 건 수표의 울먹거리는 목소리였다.

"우진아, 지금 빨리 병원으로 와. 너희 엄마가, 엄마가…… 쓰러지셨어. 여기 모루 병원이야."

"뭐?"

우진이가 깜짝 놀라 황급히 집 밖으로 뛰쳐나왔다. 급한 마음에 발이 꼬여 넘어졌지만 아픈 줄도 모르고 일어나 내달렸다.

우진이는 마음속으로 빌고 또 빌었다.

'외증조할머니! 엄마한테 제발 아무 일 없게 해 주세요! 지금도 충분히 착하지만…… 더, 더 착한 아들이 될게요!'

우진이는 만난 적도 없는 외증조할머니에게 간절히 기도하며 달리고 또 달렸다. 우진이네 집에서 모루 병원까지는 그리 멀지 않았지만, 오늘따라 무척이나 멀게 느껴졌다.

우진이는 헐레벌떡 응급실에 들어가 엄마부터 찾았다.

"저희 엄마 어딨어요? 이름은 초연지예요!"

엄마는 응급실 구석에 있는 침대에 누워 있었다.

"엄마!"

엄마는 편안한 표정으로 눈을 감고 있었다. 엄마 주위로 수표와 수지, 그리고 키 큰 남자가 서 있었다. 초공 아지트에서 만난 사진작가 이미남이었다. 이미남의 눈이 눈물이 그렁그렁한 우진이의 눈과 마주쳤다.

"어머니는 걱정 말렴. 무리를 하셔서 안정이 필요한 거라더구나."

우진이는 웹 소설 마감일을 지키기 위해 며칠 동안 새벽까지 글만 쓰던 엄마의 모습이 떠올랐다. 수표가 말했다.

"우진아, 아주머니가 마당에서 미끄러지면서 그대로 기절하

셨나 봐. 마침 이미남 아저씨가 지나가다가 악, 하는 소리를 듣고 담벼락 너머로 아주머니를 발견하셨대. 그 길로 바로 아주머니를 업고 여기까지 뛰어오셨어. 수지랑 나도 편의점 앞에 있다가 아저씨를 만나서 같이 모루 병원에 온 거야."

우진이가 이미남에게 연신 고개를 숙였다.

"정말 감사해요. 아저씨 아니었으면 우리 엄마는……."

우진이 눈가에 또다시 눈물이 맺혔다.

"별일 없었으니 다행이지. 그럼 난 이만 가 볼게."

이미남이 병실을 나갔다. 수지가 말했다.

"수표 오빠, 근데 아까 저 아저씨 진짜 멋있지 않았어? 꼭 우진이 오빠처럼 듬직하달까?"

수표가 못 말린다는 듯 수지를 보며 한숨을 쉬었다. 우진이가 걱정 어린 눈으로 엄마를 바라보는 사이, 수지가 휴대폰으로 무언가를 검색했다. 그리고 우진이와 수표에게 보고 있던 휴대폰 화면을 내밀었다.

"전에 이미남 아저씨가 준 명함에 나와 있던 SNS 계정이야. 나름 환경 전문 사진작가로 유명하던데?"

수지가 이미남이 올린 사진들을 한참 살펴보더니 고개를 갸웃거렸다.

"어째 좀 이상한데? 환경 사진을 올리는 계정이라면서 이미남 아저씨 셀프 카메라 사진만 잔뜩 올라와 있어."

이번에는 초공 삼총사가 다 같이 이미남의 SNS 속 사진들을 훑어보았다. 모든 자연 풍경 앞에서 양손으로 자기 얼굴에 꽃받침을 하고서 찍은 사진이 수두룩했다. 새침하게 윙크하거나 집게손가락으로 볼을 콕 찌르며 혀를 날름 내밀고 있는 사진도 보였다. 수지가 입꼬리를 실룩거리다가 웃음을 터뜨렸다.

"푸핫……."

"미안, 난 더는 못 보겠다."

수표마저 고개를 돌렸다. 우진이만 끝까지 이미남이 찍은 사진들을 살펴보았다. 자세히 보니 셀프 카메라 사진 말고도 훼손된 자연이나, 환경 오염으로 죽거나 아파하는 동물 사진도 많았다. 유조선에서 유출된 기름을 뒤집어쓴 왜가리, 그물에 온몸이 엉켜 버린 바다거북, 플라스틱을 먹이로 착각한 새, 전 세계에서 버려진 옷들이 무덤처럼 쌓여 있는 사막……. 익숙한 모루고개의 풍경 사진도 많았다. 우리나라에서 자연이 잘 보존된 몇 안 되는 동네 중 하나라며 애정이 가득한 글귀도 있었다.

우진이는 그렇게 한참 동안 사진들을 구경했다. 그러면서 점점 이미남에 대해 더 알고 싶다는 생각이 들었다.

같은 시각, 김 부장이 블랙박스 메모리 카드를 들고 곡대 연구소의 소장실 문을 벌컥 열었다.

"소장님, 드디어 메모리 카드를 완벽히 복구했습니다! 화질 상태가 영 심각해서 복구 가능한 업체를 찾느라 늦었어요."

"일주일을 기다린 보람이 있군!"

최곡대 소장이 당장 블랙박스 메모리 카드를 컴퓨터에 연결해 골드문스톤을 잃어버린 날이 녹화된 영상을 재생했다. 저번과는 달리 영상에는 모루동 풍경이 깨끗하고 선명하게 나타났다. 최곡대는 동그랗게 뜬 두 눈을 모니터에서 떼지 않았다.

모루고개를 오르던 트럭이 돌부리에 걸렸는지 덜컹거리더니 화물칸의 한쪽 문이 열렸다. 그 틈으로 골드문스톤이 든 나무 상자가 화물칸 문턱으로 삐져나왔다. 곧 나무 상자의 뚜껑이 열리면서 골드문스톤이 상자 밖으로 튕겨 나갔다. 잠시 뒤, 나무 상자도 화물칸 밖으로 스르르 떨어졌다.

최곡대가 다급하게 영상을 앞으로 감아 다시 재생했다. 밖으로 떨어진 골드문스톤은 컴컴한 골목길로 데굴데굴 굴러갔다.

결정적인 장면이었다. 곧장 두 사람은 소장실에서 나와 차를 타고 영상에 나온 골목길을 찾아갔다. 차에서 내린 둘은 골목길 안으로 들어가 집 한 채를 발견했다. 녹슬고 허름한 대문이

달린 우진이네 집이었다. 김 부장이 대문을 슬쩍 건드렸다.

"소장님, 문이 열려 있어요."

최곡대 소장이 말없이 고개를 끄덕이자 김 부장이 앞장서 대문을 밀고 들어갔다. 마당에 뒤집힌 슬리퍼 한 켤레가 보였다. 최곡대는 슬리퍼를 발로 한번 툭 찼다. 그러고 나서 눈에 띈 것은 담벼락 쪽 화분과 스티로폼 박스였다. 화분에는 알 수 없는 식물이 자라 있었다. 특히 스티로폼 박스에 자란 대파는 평범한 대파 같진 않았다. 줄기가 무척 굵었고 담벼락 위쪽 너머까지 쑥쑥 자라 있었다. 아무리 올 겨울이 따뜻하다고 해도 식물이 이렇게까지 과하게 자라기는 어려웠다. 최곡대가 중얼거렸다.

"그래, 제대로 찾아왔군."

김 부장이 마루 앞에서 두리번거리며 소리쳤다.

"아무도 없습니까?"

최곡대와 김 부장은 서로 눈짓을 주고받은 뒤 마루로 올라가 마루문을 열었다. 문을 열자마자 요강 하나가 그들 눈에 들어왔다. 최곡대가 후다닥 달려가 양손으로 요강을 감싸며 흐느꼈다.

"내 골드문스토온!"

최곡대가 김 부장에게 쏘아붙이듯 말했다.

"멀뚱멀뚱 뭐 하고 있는 거야? 당장 가져와!"

김 부장이 부리나케 뛰어가 나무 상자와 커다란 보자기를 가져왔다. 최곡대는 조심스럽게 나무 상자에 요강을 넣어 봉했다. 그러고는 보자기로 나무 상자를 감쌌다.

"남의 집인데, 이렇게 맘대로 가져가도 되는 걸까요?"

"무슨 상관이야! 어차피 내 건데!"

최곡대 소장의 눈빛이 불타듯 이글거렸다.

"어휴, 근데 이게 무슨 냄새죠?"

김 부장이 코를 감싸 쥐었다.

"주변 논밭에서 거름이라도 주나 보지. 얼른 이 집에서 나가자고. 누가 오기 전에!"

최곡대와 김 부장은 서둘러 우진이네 집 밖을 나섰다.

한편, 수표와 수지는 병원에서 돌아와 수표 편의점 앞에 앉아 한숨 돌리고 있었다. 그러다 우진이네 집 골목길 쪽에서 누군가 나오는 소리가 들리자 둘이 동시에 고개를 돌렸다.

"수표 오빠, 그때 우리한테서 나무 상자 뺏어 간 아니, 사 간 아저씨들 아냐?"

수지의 말에 수표도 최곡대와 김 부장을 뚫어져라 보았다.

"정말이네! 근데 저 골목길에는 우진이네 집밖에 없는데?"

둘은 최곡대 소장과 김 부장이 차에 올라탈 때까지 의심의 눈길로 지켜보았다.

"오빠, 일어나."

"어디 가게?"

"아무래도 우진이 오빠한테 무슨 일이 생긴 것 같아!"

"뭐?"

수지가 김 부장과 최곡대가 탄 차를 쫓아 뛰었다. 수표도 재빨리 수지를 따라 뛰었다.

의사 선생님은 엄마가 안정을 찾을 때까지 며칠 더 입원해야 한다고 했다. 엄마의 입원 기간이 길어지면서 우진이는 집에 가서 필요한 물건들을 더 가져오기로 했다.

집까지 걷는 동안 오후 햇살을 받은 우진이의 그림자가 길어졌다.

웬일로 수표 편의점 앞에는 아무도 없었다. 집에 도착한 우진이는 마당에서 나동그라진 엄마의 슬리퍼와 화장실 문손잡이를 주웠다.

"찌그러진 대문도, 망가진 화장실 문도 바꿔야 하는데. 이사는 갈 수나 있는 건지……."

우진이의 소원은 소박했다. 화장실이 집 안에 있는 집, 그것 하나였다. 하지만 인기 없는 웹 소설 작가인 엄마가 버는 돈으로는 그 소박한 소원조차 이루기 어려울 것 같았다.

'우리 집은 왜 이렇게 가난한 걸까?'

한 번도 본 적 없는 아빠는 죽었는지 살았는지도 알 길이 없었다. 어쩌면 엄마가 이사를 가지 않으려는 이유는 오로지 아빠 때문일지도 몰랐다. 엄마는 아빠가 집으로 돌아오기를 기대하고 있는 거다. 우진이가 아빠에 대해 물어볼 때마다, 엄마는 시원하게 대답 한 번 해 주지 않았다. 그래서 한때 우진이는 자신이 엄마가 주워 온 아들이 아닐까 하고 의심했었다. 우진이는 엄마와 닮은 구석이 별로 없었으니까.

엄마는 키가 작고 운동 신경이 없는 편인데, 우진이는 또래보다 키가 크고 운동 신경도 또래 중에서 특출났다. 단지 금방 지치는 체력을 타고난 탓에 운동선수를 포기한 것이 아쉬울 뿐이었다. 그런데 대문 앞에 수상하고 신비한 요강이 떨어진 이후, 신기하게도 우진이는 매일매일 몸이 날아갈 듯 가벼웠고 체력이 금방 떨어지지도 않았다.

"그동안 컨디션이 유난히 좋았던 걸 수도 있지, 뭐."

우진이는 의문의 요강을 만난 사건을 대수롭지 않게 생각하려 애썼다. 그런데 그때 눈에 들어온 것이 있었다. 마당 한편의

화분과 스티로폼 박스였다. 아주 예전부터 할머니가 키우던 화분이라며 엄마가 간직하고 있던 것이었다. 분명 며칠 전까지만 해도 아무런 생명도 자라지 않던 스티로폼 박스에 지금은 굵고 높은 대파가 나 있었다. 저렇게 큰 대파를 키우기에는 스티로폼 박스가 곧 터질지도 모른다는 생각마저 들 정도였다.

"이거 실화인가?"

우진이가 눈을 비비며 대파를 다시 쳐다보았다.

"아 참! 요강부터 비워야지!"

우진이가 재빨리 엄마 방 문을 열고 들어갔다. 엄마가 퇴원하기 전에 낡은 요강을 깨끗한 상태로 돌려놔야 했다.

"엥? 분명 여기에 뒀는데?"

요강에 볼일을 본 흔적을 없애려 했는데, 그 요강이 감쪽같이 사라져 있었다. 자신의 방, 부엌, 마루 밑까지 샅샅이 뒤졌지만 요강은 흔적조차 보이지 않았다. 우진이는 갑자기 소름이 돋았다.

"그러니까 지금…… 요강 아니, 내 똥을 도둑맞은 거야?"

우진이가 휴대폰을 꺼내 112를 누르려다가 우뚝 멈췄다.

"근데 뭐라고 하지? 내 똥이 든 요강을 도둑맞았다고 어떻게 얘기하냐고!"

그때 대문 열리는 소리가 들리면서 공 남매가 들이닥쳤다.

"초우진! 혹시 너희 집에서 뭐 없어진 물건 있어?"

수표 목소리였다. 우진이가 마루로 후다닥 뛰어나갔다.

"요강이 없어지긴 했는데……. 그걸 네가 어떻게 알았어?"

"요강?"

수지가 고개를 갸웃거렸다.

"응. 대대로 물려받은 우리 엄마 요강!"

우진이는 그 낡은 요강에 자기가 눈 똥이 들어 있다는 말은 죽어도 하기 싫었다. 수표가 말했다.

"며칠 전에 모루고개 꼭대기에 있는 연구소에서 일한다는 아저씨들을 처음 봤어. 거기 연구소 이름이 곡대 연구소라나? 근데 조금 전 그 아저씨들이 주변을 두리번거리면서 너희 집 골목길에서 무언가를 들고 나오는 거야. 그러더니 차를 타고 곡대 연구소 방향으로 가더라고. 뭔가 느낌이 안 좋아서 바로 쫓아 올라갔다가 다시 너희 집으로 달려온 거야."

수표 말을 들은 우진이가 미간을 찌푸리며 중얼거렸다.

"그러면 그 연구소 사람들이 내 똥을 훔쳐 간 거야?"

"뭐라고? 똥?"

수표가 묻자 우진이가 당황해 손을 저었다.

"아니, 아니. 그 사람들이 우리 집 요강을 훔쳐 간 것 같다고."

마당을 살피던 수지가 스티로폼 박스에 자란 대파를 보며 화들짝 놀랐다.

"저건 뭐야? 파 맞아?"

"초우진! 파에 뭔 짓을 한 거냐?"

잠시 생각에 잠겨 있던 우진이가 말했다.

"얘들아, 생각해 보니 내가 체력이 좋아진 것도 전부 그 요강이 우리 집에 들어오면서였던 것 같아. 왜, 우리 십 앞에 막 떨어졌을 땐 번쩍거리면서 푸른빛을 뿜더니 금세 황금 요강으로 변했다고 한 거! 처음에는 내가 잘못 본 줄 알았는데, 아무래도 내가 제대로 본 것 같아. 분명 그 황금 요강에 뭔가 있다니까? 혹시…… 진짜 외계에서 보낸 물건 아냐?"

수표가 못 미덥다는 얼굴로 우진이에게 말했다.

"야, 그 얘기 좀 그만해. 그리고, 외계에서 보낸 물건이 겨우 요강? 내가 활동하는 인터넷 과학 커뮤니티에서도 그런 얘기는 들은 적도 없어."

우진이가 수표를 바라보며 한숨을 쉬었다. 수지가 수표에게 입을 비죽거리며 말했다.

"거기가 과학 커뮤니티였어? 그냥 허무맹랑한 외계인 이야기만 떠드는 데인 줄 알았는데?"

"공수지 네가 뭘 안다고 그래?"

"공수표 너보다 내가 더 똑똑하거든! 이제 인정하시지?"

우진이가 갑자기 수표와 수지 사이에 끼어들어 둘의 손을 맞잡고는 진지하게 말했다.

"얘들아, 전혀 다툴 필요 없어. 너희 둘은 복사한 것처럼 똑같거든."

수표와 수지가 어이없다는 표정을 지었다.

"어떻게 그런 심한 말을 할 수 있어!"

소리치는 수표의 얼굴이 붉어졌다. 수지가 씩씩거렸다.

"그런 모욕적인 말은 처음이야!"

우진이가 다시 심각한 얼굴로 생각에 잠겼다.

"혹시 우리 집에 떨어진 그 황금 요강도 가져간 건 아니겠지?"

우진이가 중얼거리며 자신의 방으로 후다닥 뛰어 들어갔다. 다행히 집 앞에 떨어진 황금 요강은 우진이의 책상 위에 그대로 있었다. 공 남매도 우진이 방으로 뒤따라 들어왔다.

"분명 이게 우리 집에 온 뒤로 머리가 맑아지고, 늘 찌뿌둣하던 몸도 가벼워졌어. 코피도 안 나고."

수지가 말했다.

"그럼 우진이 오빠 말대로 정말 특별한 요강일 수 있다는 거네?"

우진이가 고개를 끄덕이며 열린 방문으로 보이는 대파를 심각하게 바라보았다. 수표가 물었다.

"혹시 그 사람들, 이 황금 요강을 찾으러 왔던 건 아닐까? 이 요강이 평범한 요강이 아니라면 말이야."

갑자기 초공 삼총사 사이에 침묵이 찾아왔다. 세 아이는 황금 요강을 마주하고 섰다. 황금 요강에 비친 삼총사의 얼굴이 묘하게 비틀렸다.

5. 대망의 날

드디어 연구 성과 발표회 날이었다. 최곡대 소장과 김 부장은 그 어느 때보다 분주했다. 잃어버린 골드문스톤을 찾았고, 우주선도 제자리에 그대로 있다. 모든 것이 완벽히 준비됐다고 생각한 최곡대의 입가에서 미소가 끊이질 않았다. 드디어 곡대 연구소가 '곡대 우주 연구소'라는 정식 명칭으로 재탄생하기 직전이었다. 최곡대가 웃음을 터뜨렸다.

"나는 전례 없는 발견을 한 위대한 과학자다! 으하하!"

과학 기술부 장관을 비롯한 여러 대학교수와 전문가들이 속속 곡대 연구소로 모였다. 그때 누군가를 발견한 최곡대가 후다닥 연구소 밖으로 뛰어나갔다. 과학 기술부 장관이 환한 미소를 지으며 뛰어오는 최곡대와 마주치며 말했다.

"오늘 자네한테 기대가 아주 커."

최곡대 소장이 장관에게 굽실대며 말했다.

"실망하지 않으실 겁니다. 무엇을 상상하시든 곧 그 이상의 것을 보실 테니까요. 으하하핫!"

최곡대는 웃음을 터뜨렸지만 장관은 표정 하나 바꾸지 않고 싸늘하게 답했다.

"당연히 그래야지. 우리도 그동안 오랜 시간 동안 자네의 연구 성과를 기다렸으니."

초대받은 모두가 곡대 연구소 회의실에 앉았다. 길쭉한 탁자에 마주 앉은 사람들은 최곡대 소장만을 바라보았다. 기대에 찬 사람들의 상기된 얼굴을 보며 최곡대는 흡족한 미소를 지었다.

최곡대가 자기소개를 하며 인사를 마치자 회의실 전등이 꺼졌다. 전등이 꺼지자 회의실에는 숨소리도 나지 않았다.

곧 프로젝터가 켜지며 스크린에 영상이 나왔다. 영상에는 커다란 원반 우주선 앞에 최곡대가 서 있었다. 최곡대가 연단에 서서 영상을 가리키며 자랑스럽게 말했다.

"바로 저, 최곡대가 이곳 모루고개에서 약 12년 전 최초! 최초로 발견한 우주선입니다. 우주선은 바로 여기, 곡대 연구소에 있습니다. 이 우주선은 다소 험한 착륙을 했음에도 불구하고

파손된 부분이 단 한 곳도 없습니다. 정말 놀랍지요?"

몇몇 사람들이 흥미로운 눈으로 유심히 영상을 보았다.

"당시 저는 우주선이 열린 틈을 타 내부로 들어갔습니다. 그런데 제가 안을 살펴보고 나오자마자 우주선 문은 닫혔고, 그 뒤로는 두 번 다시 열리지 않았습니다. 여러분, 우주선 내부가 궁금하지 않으십니까?"

우주선 영상을 본 이들이 고개를 끄덕였다. 최곡대 소장은 잠시 숨을 가다듬고 자신의 머리를 톡톡 치며 말했다.

"다행히도 우주선 안의 구조는 제 머릿속에 남아 있습니다. 이 기억이 사라지기 전에 설계도를 그려 놓았습니다. 자, 다음 스크린을 보시죠!"

최곡대는 자랑스럽게 스크린을 넘겼다. 사람들은 저마다 침을 꼴깍 삼켰다. 드디어 스크린에 최곡대가 기억을 더듬어 가며 그렸던 우주선 내부 설계도가 나왔다. 기억이 사라질까 봐 정신없이 그렸던 설계도는 무척 거칠게 그려져 있었다. 여기저기에서 실망한 한숨 소리가 들렸다. 누군가 중얼거렸다.

"내가 발로 그려도 저것보단 잘 그리겠네."

최곡대는 못 들은 척 말을 이었다.

"이제 저 최곡대가 이 우주선 안에서 발견한 외계 광물에 대해 말씀 드리겠습니다. 이 외계 광물의 이름은 골드문스톤입니다. 지구를 구할 광물이지요. 그동안 태봉산 우주 연구소의 연구 소장이자 한국 과학 재단의 수석 연구원 출신 강달래 박사와 이 골드문스톤에 대해 심도 있는 연구를 해 왔습니다."

최곡대는 긴장이 되는 듯 숨을 한 번 들이마셨다.

"강달래 박사가 밝힌 골드문스톤의 특성은 다음과 같습니다. 골드문스톤은 보름달이 뜨는 날, 달빛을 받으면 그 겉모습이 우리가 사는 지구처럼 찬란하게 푸른빛을 뿜지요. 달빛을 받기 전에는 평범한 요강의 모습입니다. 제가 12년 전 골드문스톤을 처음 봤을 때는 제대로 쳐다보기 어려울 정도로 빛났었죠!"

신이 난 최곡대가 스크린을 향해 리모컨 버튼을 힘차게 눌렀다. 아름답게 빛을 발하는 골드문스톤의 화려한 모습이 스크린을 가득 채웠다. 사람들이 탄성을 내뱉었다.

"유성처럼 빛나는군!"

"보석 같기도 하고……."

최곡대는 감탄하는 사람들의 얼굴을 보며 뿌듯한 미소를 지었다.

"그리고 아름답게 발광하는 그 짧은 순간을 지나면, 앞서 설명 드렸듯 골드문스톤의 겉모습은 요강으로 변합니다. 다만 요강으로 변해도 광물이기 때문에 뚜껑은 열리지 않죠. 왜 하필 요강일까요? 생각해 보십시오, 여러분! 요강은 똥오줌을 누는 그릇입니다. 오줌똥은 생명을 성장시키는 거름, 즉 원천이지요. 이 골드문스톤을 만든 외계 문명에서도 그 깊은 의미를 알고 있을 것이라는 점에 착안해서 연구에 착수했습니다."

최곡대가 김 부장을 향해 눈짓을 보냈다. 이를 본 김 부장이 회의실 밖으로 사라졌다.

"골드문스톤의 능력을 본격적으로 말씀 드리겠습니다. 태봉산 우주 연구소에서 연구를 시작한 지 12년이 되는 올해, 태봉산 전체가 울창한 산림으로 변했습니다. 겨울이 되었지만 태봉산은 푸르고 우거져서 언론에서도 이상 기후 현상이라며 크게 보도할 정도였지요."

최곡대가 보여 준 다음 스크린에서는 울창한 태봉산의 모습이 나왔다.

"태봉산에 나타난 이상 기후 현상 덕분에 저희 연구진들은 이 골드문스톤이 엄청난 에너지원 그 자체라는 점을 발견할 수 있었습니다. 요즘같이 환경 문제가 심각한 시기에 우리나라가 골드문스톤이라는 엄청난 에너지원을 보유한 이상, 전 세계가 우리나라를 우러러볼 것입니다. 이번 성과를 기반으로 더 심도

깊은 연구를 위해 정부 기관과 과학계의 전폭적인 관심과 지원
이 필요합니다!"

사람들이 저마다 공감하는 표정으로 고개를 끄덕거렸다. 최
곡대 소장은 감격에 겨워 눈시울을 붉혔다. 그동안 마음고생했
던 순간들이 주마등처럼 스쳐 지나갔다. 한동안 말을 잇지 못
하는 최곡대의 모습에 회의실 안이 잠시 조용해졌다.

최곡대는 호흡을 가다듬고 떨리는 목소리로 말했다.

"자, 이렇게 진귀한 광물을! 지금 이 자리에서 여러분께 최초
로 공개하겠습니다!"

어느새 회의실로 돌아온 김 부장에게 최곡대가 다시 눈짓을
보냈다. 김 부장이 품에 꾸러미를 가지고 성큼성큼 걸어와 연단
위에 내려놓았다. 그러고는 꾸러미를 싼 보자기를 풀자 밀봉한
나무 상자가 드러났다. 최곡대가 다가와 나무 상자를 열었다.
모두가 연단 주위로 몰려와 나무 상자 안을 들여다보았다. 모인
사람들 사이로 누군가 말했다.

"근데 아까 뚜껑은 안 열린다고 하지 않았습니까?"

김 부장이 급히 최곡대에게 속삭였다.

"저…… 소장님, 정말로 뚜껑이 살짝 열린 것 같은데요? 원래
무슨 짓을 해도 안 열렸던 건데……."

최곡대가 들뜬 얼굴로 중얼댔다.

"뭐? 강달래 박사한테 그런 보고는 없었는데?"

사람들이 최곡대 소장에게 자리를 비켜 주었다. 최곡대가 나무 상자 안으로 천천히 손을 뻗어 요강을 꺼냈다. 심장이 두방망이질하는 것 같았다.

겨우 마음을 다잡은 최곡대가 떨리는 목소리로 외쳤다.

"이게 웬일입니까, 여러분! 원래는 열리지 않는 뚜껑이 바로 오늘, 지금 이 순간 열릴 것 같습니다. 정말 가슴이 벅차오르는군요. 이 감격스러운 순간을 여러분과 함께할 수 있어서 무척 영광입니다!"

최곡대가 떨리는 손으로 뚜껑을 열었다. 다들 침을 꿀꺽 삼키며 최곡대의 손끝만 뚫어져라 쳐다보았다.

뚜껑이 활짝 열리는 순간, 사람들은 저마다 코를 싸쥐었다. 과학 기술부 장관은 눈살을 찌푸렸고, 누군가는 웩웩거리며 구역질을 했다.

짤그랑!

뚜껑이 요란한 소리를 내며 바닥에 떨어진 채 빙글빙글 돌았다. 나무 상자 안을 들여다본 사람들이 흠칫했다. 어떤 사람들은 뒤로 넘어지기까지 했다. 최곡대가 말을 더듬거렸다.

"이럴 수가! 이건 꿈이야."

나무 상자 안에는 골드문스톤이 아닌 낡은 요강이 들어 있었고, 요강 안에는 건강한 황금빛 대변이 들어 있었다.

최곡대 소장이 과학 기술부 장관의 바지춤을 잡고 늘어졌다.

"자, 장관님! 착오가 있었던 것 같습니다. 저건 골드문스톤이 아니에요! 제가 다시 찾아오겠습니다, 지금 당장……."

"이거 놔! 지금 제정신이야? 겨우 요강에 든 똥을 보여 주겠다고 바쁜 사람들을 여기까지 불러?"

장관이 걸음을 옮기려 하자 급기야 최곡대는 장관의 다리를 끌어안고 그 자리에서 철퍽 주저앉았다.

"제발! 아니면 우주선을 보여드릴까요? 우주선 안에 들어가 보시는 건 어떻습니까?"

"우주선은 우리가 분해라도 해서 열자고 했는데도 자네가 심하게 반대하는 바람에 그동안 우주선 털끝도 못 건드리지 않았나! 이제 와서 무슨……. 자네, 지금 나를 놀리는 건가?"

"무슨 그런 섭섭한 말씀을 하십니까! 그리고 잘못 분해하다가 망가지면 모든 것이 수포로 돌아갑니다! 열려는 시도를 안

해 본 것도 아니고, 도저히 안 열리는 건 어쩔 수 없지 않습니까……."

"자네는 끝까지 나를 실망시키는군."

과학 기술부 장관이 최곡대를 노려보더니 양복 안쪽 주머니에서 종이 한 장을 꺼내 최곡대에게 던졌다. 그러고는 회의실 밖으로 몸을 돌렸다. 장관이 한 걸음씩 내딛을 때마다 최곡대도 질질 끌려갔다.

김 부장은 놀란 표정으로 멀찍이서 그 광경을 보고 있었다. 결국 장관은 줄줄 내려가는 바지춤을 부여잡고 악 소리쳤다. 주변 사람들이 최곡대를 떼어 낸 뒤에야 장관은 회의실을 나갈 수 있었다. 다른 사람들도 저마다 한마디씩 하며 코를 꽉 쥔 채 도망치듯 회의실을 빠져나갔다.

최곡대는 넋 나간 사람처럼 회의실 바닥에 널브러진 채 중얼거렸다.

"다 망했어……. 난 이제 끝이야."

김 부장은 이내 울먹거리는 최곡대 소장을 내려다보았다. 형클어진 머리며 손에 묻은 대변까지, 최곡대의 꼴은 말이 아니었다. 김 부장은 새어 나오려는 웃음을 꾹 참고, 코를 쥔 채 슬그머니 요강 뚜껑을 덮었다.

모두가 떠난 회의실에서 최곡대는 장관이 내던진 종이를 펴 보았다. 종이에는 '모루동 대중 문화 공간 운영 계획'이라고 쓰여 있었다. 최곡대가 소리쳤다.

"뭐? 누구 맘대로! 쥐꼬리만 한 연구 자금으로 이제껏 버텼는데! 내가 더러운 쓰레기들을 받아 가면서 여기까지 얼마나 힘겹게 달려왔는데!"

망연자실한 채로 주저앉아 있던 최곡대가 갑자기 퍼뜩 정신을 차리고 연구소 뒤뜰로 달려갔다. 김 부장이 그 뒤를 졸졸 쫓았다. 아무도 얼씬거리지 않는 뒤뜰에는 거대한 쓰레기 산이 쌓여 있었다.

최곡대는 연구 자금이 점점 부족해지자 그동안 돈을 받고 쓰레기를 몰래 연구소 뒤뜰에 버려 처리해 주는 불법 행위를 하며 부족한 연구 자금을 메우고 있었다. 그 쓰레기가 점점 쌓여 지금의 쓰레기 산이 된 것이었다. 한마디로 곡대 연구소는 허가받지 않은 불법 쓰레기 매립지이기도 했다.

최곡대는 쓰레기를 보고 있자니 골치가 아팠다.

"소장님, 쓰레기가 계속 쌓이는데 언제까지 들키지 않고 버틸 수 있을까요? 요즘 모루고개에서 악취가 난다는 민원도 부쩍 늘었다면서요. 이대로 정말 괜찮은 건지······."

한 달 뒤, 지구는 멸망합니다 **3**단계

미래엔 아이세움 | 이레 글 | 김수영 그림 | 172쪽

독서 준비

1. 여러분은 지구를 구하는 영웅이 되는 상상을 해 본 적이 있나요? 이 책의 표지를 잘 보고, 어떤 이야기가 담겨 있을지 자유롭게 생각하고 이야기해 보세요.

한 달 뒤, 지구는 멸망합니다

1. 이 책에 나오는 '초공 삼총사'인 초우진, 공수표, 공수지는 각자 다른 성격을 가진
인물들이에요. 각 인물의 말이나 행동을 찾아 적어 보고, 인물의 성격을 짐작해 보세요.

초우진

말이나 행동:

성격:

공수지

말이나 행동:

성격:

공수표

말이나 행동:

성격:

2. 다음은 《한 달 뒤, 지구는 멸망합니다》의 이야기 속 중요한 장면들을 그린 그림입니다.
사건이 일어난 순서대로 빈칸에 번호를 차례차례 써 보세요.

( )　　　　( )　　　　( )　　　　( )

이 책을 읽고 기억에 남은 장면을 글로 설명해 보고, 그 장면을 고른 이유도 써 보세요.

기억에 남는 장면: 쪽

장면:
....
....
....

이유:
....
....
....

기억에 남는 장면: 쪽

장면:
....
....
....

이유:
....
....
....

익사이팅북스

<익사이팅북스> 시리즈는 폭넓은 주제와 다양한 장르의 이야기로
아이들의 독서 지평을 넓혀 줍니다. 레벨1, 레벨2, 레벨3으로 구성된 좋은 도서들과
책 읽기가 더욱 즐거워지는 독후 활동지로 사고력과 표현력을 길러 보세요.

🛸 레벨1 : 초등 1-2학년 이상   🛸 레벨2 : 초등 3-4학년 이상   🛸 레벨3 : 초등 5-6학년 이상

익사이팅북스의 **독후 활동지(워크시트)**와 정답은
미래엔 아이세움 네이버 카페(https://cafe.naver.com/iseum)에서
다운로드 하실 수 있습니다.

김 부장이 코를 쓱 훔쳤다.

"모루고개에 누가 관심이나 있어? 그리고 골드문스톤만 찾으면 다 해결돼! 골드문스톤만 찾으면 이 지긋지긋한 모루고개를 당장 떠날 거라고!"

최곡대는 장관이 던진 종이를 화풀이하듯 구겨 집어던졌다. 종이 뭉치는 김 부장의 얼굴로 날아갔다. 김 부장은 피하지 않고 종이 뭉치를 얼굴로 받았다. 그렇게라도 해야 최곡대가 자신에게 더는 분풀이하지 않을 것 같았기 때문이다.

6. 낡은 요강의 의미

토요일 이른 아침부터 우진이는 모루 병원으로 향했다. 일반 병실로 옮긴 엄마는 안색이 많이 좋아지고 있는 것 같았다. 엄마가 우진이에게 말했다.

"몸이 약한 우리 우진이를 돌보려면 엄마가 먼저 건강해져야지! 그렇지, 우진아?"

"엄마, 전 괜찮아요. 요즘 코피도 안 쏟고 별로 피곤하지도 않아요."

그러자 엄마 얼굴에 화색이 돌았다.

"그래? 아이는 크면서 해마다 열두 번도 더 달라진다던데, 우리 우진이도 그런가 보다."

엄마가 하하 웃으며 우진이를 흐뭇하게 바라보았다.

82

"아, 이럴 때가 아니지! 웹 소설 마감이 얼마 안 남았는데."

엄마가 침대에 비스듬히 누워 노트북을 켜고 자판을 두드리기 시작했다. 우진이는 보호자용 간이침대에 앉아 엄마 침대에 팔을 기댔다. 글을 쓰는 엄마의 표정은 시시각각 변했다. 우진이는 엄마가 쓰고 있는 로맨스 웹 소설 내용이 궁금해졌다.

"엄마, 엄마가 요새 쓰는 웹 소설 속 연인은 끝까지 서로 사랑해요?"

"아니, 그럴 리가. 엄마가 어디서 봤는데, 연인이 사랑에 빠져 있는 시간은 200일 정도밖에 안 된대. 그다음부터는 서로 미워하고, 실망하는 게 사랑이라나 봐. 근데 엄마도 그렇게 생각해. 그래서 나는 내 소설에 현실적인 이야기만 담고 싶어! 설레는 감정은 잠시뿐이란다, 우진아."

순간 우진이는 엄마의 웹 소설에 자주 등장하는 비련의 여자 주인공이 엄마를 투영한 인물일 수도 있겠다는 생각이 들었다. 그러고 보니 엄마의 소설 속 남자는 늘 갑자기 떠나고, 여자는 남자에게 복수의 칼을 간다. 대부분 비슷비슷한 이야기였다. 그래도 한때 엄마는 웹 소설계에서 뺨 때리는 장면을 기발하고 통쾌하게 그리는 작가로 잠시 인기를 얻은 적도 있다. 우진이의 기억에 가장 강렬하게 남아 있는 장면은 호박잎으로 뺨을 때리는 장면이다.

어느 날, 여자에게 이별을 고한 남자가 짐을 싸서 몰래 집을 나간다. 마침 여자는 시장에서 장을 보고 오다가 집 밖으로 나서는 남자를 발견한다. 그러고는 분노에 차 남자를 쫓아가 시장에서 사 온 호박잎 뭉텅이를 꺼내 남자에게 휘두른다. 호박잎 표면은 까칠까칠해서 그걸로 뺨을 맞으면 꽤 얼얼할 것이다.

우진이는 엄마를 물끄러미 바라보며 말했다.

"근데 수표랑 수지네 부모님은 늘 다정하던데……."

엄마는 노트북 화면에서 눈을 떼지 않은 채 대답했다.

"그런 척하는 걸 거야."

엄마는 한참을 키보드만 두드렸다. 그러다 문득 하늘을 향해 왼손을 번쩍 들며 말했다.

"이건 너희 아빠가 떠나기 전날 나한테 준 반지야. 예쁘지?"

엄마의 약손가락에서 금반지가 반짝거렸다.

"우진아, 엄마는 아빠가 왜 갑자기 떠난 건지 아직도 잘 모르겠어. 우린 분명 많이 사랑했는데 말이야."

엄마가 평소에 하지 않았던 아빠 이야기를 꺼냈다. 덩달아 우진이의 마음도 심란해졌다.

"우진아, 놀라지 말고 들으렴. 사실…… 아빠는 네가 태어난 줄도 모른단다."

"네?"

우진이는 깜짝 놀랐다.

'아빠는 내가 세상에 있는 줄도 모른다고?'

우진이의 왼쪽 가슴이 욱신거렸다. 그런 줄도 모르고 자기 혼자만 아빠를 그리워하고 있었다고 생각하니, 얼굴도 모르는 아빠가 왠지 미워졌다.

"엄마도 엄마가 쓰는 웹 소설 속 여자 주인공처럼, 아빠한테 복수하고 싶은 거예요?"

엄마가 창밖을 아련하게 바라보며 답했다.

"그런 건 아니야. 그냥, 함께했던 두 달 간의 기억이 점점 희미해져서 서글플 뿐이야. 우진이 네가 없었다면 그냥 꿈이나 환상이었다고 생각하며 살았겠지. 너는 아빠를 정말 많이 닮았거든……."

엄마가 우진이를 향해 옅은 미소를 지었다. 엄마 얼굴을 자세히 보니, 눈가에는 못 보던 주름이 생겼고, 앞머리 사이로 짧은 새치 하나가 불쑥 자라 있었다.

'엄마는 아빠를 계속 기다리고 있었구나. 아빠가 엄마랑 나를 떠나지 않았더라면, 지금쯤 어떻게 살고 있었을까? 지금이라도

아빠가 내 존재를 알게 된다면 나를 보고 싶어 할까?'

우진이는 아빠가 있었다면 여느 친구들처럼 아빠와 함께했을 법한 일들을 떠올렸다. 그러자 가슴이 다시금 욱신거렸다. 알 수 없는 묘한 감정들이 몰려와 소용돌이쳤다.

우진이는 고민이 많아지면 늘 머리가 어지러웠다. 그러다 어지럼증이 심해지면 코피도 흘렸다. 행여 엄마 앞에서 코피가 흐를까 봐 우진이는 걱정이 됐다. 하지만 이상하게도 지금은 머리가 어지럽지도, 코피가 흐르지도 않았다. 엄마가 말했다.

"사실 엄마가 오랜만에 아빠 꿈을 꿨어. 아빠가 엄마를 안아 들고 어딘가로 뛰어가는 꿈. 아이참, 엄마가 오늘 말이 너무 많았네, 하하!"

엄마는 병원에 계속 있다 보니 몸도 마음도 약해진 듯싶었다. 우진이는 자신이 힘들 때마다 엄마를 찾았듯이, 엄마도 힘들 때 엄마가 필요하지 않을까 하는 생각을 했다. 그 순간, 외증조할머니가 엄마에게 물려줬다던 낡은 요강이 떠올랐다.

"엄마, 엄마가 물려받은 요강 말이에요. 그게 그렇게 소중해요?"

"그럼, 당연하지. 외증조할머니가 나한테 물려준 건 요강이랑 우리 둘이 사는 그 집밖에 없으니까. 그건 나와 우리 엄마의 추억이나 마찬가지지."

우진이는 어릴 적의 기억을 더듬어 보았다. 새벽에 소변이 마려워 깼을 때, 어둔 마당을 지나 화장실까지 가는 것이 늘 무서웠다. 그러다 소변을 참고 참다가 결국 이불에 실수도 하곤 했다. 그런데 어느 날부터 새벽에 깰 때마다 우진이 옆에는 늘 요강이 있었다. 낡은 그 요강은 어둠 속에서 달빛을 받아 반짝거렸다. 요강은 우진이의 마음을 편하게 해 준 물건이자, 오랜 친구 같은 존재였다. 요강은 엄마뿐 아니라 우진이에게도 소중한 물건이었던 것이다.

갑자기 우진이가 벌떡 일어나며 말했다.

"엄마, 저 잠깐 집에 좀 다녀올게요."

"벌써? 병원 온 지 얼마나 됐다고."

"집에 뭘 두고 온 것 같아서요. 금방 올게요!"

우진이는 엄마가 부르는 소리에도 곧장 집으로 뛰었다.

엄마의 낡은 요강을 훔쳐 간 사람들은 엄마의 요강을 우진이네 집 앞에 떨어진 신비로운 황금 요강으로 착각한 것이 분명했다. 그러니 분명 그 사람들은 황금 요강을 가지러 다시 올 것이다. 불안한 마음에 우진이는 발걸음을 재촉했다. 이제부터 우진이는 자신의 대변이 든 똥요강을 되찾아야만 했다.

모루고개에 다다르자, 수표와 수지는 수표 편의점 앞에서 줄넘기를 하고 있었다. 수표가 멀리서부터 달려오는 우진이를 발견했다.

"우진아, 병원 다녀오는 거야?"

"우진 오빠, 아주머니는 괜찮으셔?"

우진이가 헉헉거리며 대답했다.

"응, 많이 좋아지셨어. 며칠 더 입원하면 퇴원할 수 있대."

수표가 우진이에게 말했다.

"잘됐네! 근데 뭐가 급하길래 그렇게 뛰어와?"

"미안! 나 먼저 가 볼게!"

우진이는 대답 대신 다시 집으로 뛰었다. 집에 도착한 우진이는 자기 방 안 책상에 황금 요강이 아직 있는 걸 확인하고 안도의 한숨을 쉬었다.

"후유! 다행이다."

우진이는 배낭에 황금 요강을 집어넣고 집 밖으로 나갔다. 그리고 골목길을 벗어나려 했는데, 누군가 우진이 쪽으로 다가오고 있었다. 키가 크고 인상이 험상궂은 남자와 키가 작고 안경을 쓴 남자였다. 우진이는 키가 큰 남자와 마주쳤지만, 아무렇지 않은 척 재빠르게 샛길로 빠졌다. 두 사람은 우진이네 집에

와 본 적 있는 사람들처럼 자연스럽게 대문을 열고 들어갔다. 똥요강을 훔쳐 간 곡대 연구소 사람들이 분명했다. 우진이는 당장이라도 가서 돌려 달라고 따지고 싶었지만, 섣부르게 행동할 수는 없었다.

'내 요강을 돌려주지 않는다면, 나도 절대 이 황금 요강을 넘겨 주지 않을 거야! 우리 집 요강도 엄청 소중한 거라고!'

숨을 죽이고 있던 우진이가 곧 모루고개를 빠져나갔다.

최곡대 소장은 녹슨 철 대문을 밀고 안으로 들어갔다. 대문 옆 담벼락에는 스티로폼 박스 화분에서 자란 대파가 그새 더 높게 자라 있었다.

집에 아무도 없다는 걸 확인한 최곡대와 김 부장이 마루문을 열었다. 두 사람은 정신 나간 듯이 집 안을 뒤졌다. 장롱을 열어 보고, 침대 밑도 살펴보았다. 하지만 골드문스톤은 보이지 않았다. 최곡대가 분에 차 장롱 속 옷가지들을 집어던지며 말했다.

"골드문스톤의 가치를 눈치챈 녀석이 가져간 게 분명해! 감히 위대한 이 최곡대의 보물을 훔쳐 가? 골드문스톤 정보가 어디서 샌 거지? 강달래 박사? 아니면 설마 정부가 내 뒤통수를 친 건가?"

90

김 부장이 무언가 생각난 듯 말했다.

"아까 어떤 사람이 이 집 앞 골목길에서 나오더라고요. 저랑 눈이 마주쳤는데……."

"뭐? 그걸 왜 이제서야 말해! 당장 차에 가서 블랙박스 확인해 봐!"

두 사람은 허겁지겁 우진이네 집을 나와 골목길에 주차해 둔 차로 갔다. 김 부장은 블랙박스 영상을 돌려 두 사람이 집에 들어가자마자 샛길에서 빼꼼 나타난 사람이 누군지 확인했다.

"키가 크긴 한데, 아무리 봐도 아이 같은데요?"

"아이라고?"

"네. 근데 배낭이 꽤 묵직해 보이는 게 수상합니다. 아, 편의점 쪽으로 내려가네요."

두 사람은 서둘러 길을 따라 내려갔다. 곧 나타난 수표 편의점 앞에서 수표가 스마트폰 게임에 빠져 있었다.

"소장님! 저 아이는 지난번에 저희 나무 상자를 가지고 있던 아이예요."

"그으래?"

최곡대와 김 부장이 발소리를 죽여 가며 살금살금 수표에게 다가갔다.

한편, 다시 병원으로 온 우진이는 서둘러 엄마의 병실로 올라갔다. 엄마는 노트북을 켜 놓은 채로 잠들어 있었다. 우진이는 엄마가 깨지 않도록 간이침대에 앉아서 배낭을 끌어안았다.

그때 우진이 휴대폰에서 진동이 울렸다. 수표의 전화였다. 우진이가 휴대폰을 들고 병실 밖으로 나갔다.

"응, 수표야."

전화를 받자마자 수표가 훌쩍거리는 소리가 들렸다.

"흑, 우진아, 미안해. 전에 우리 편의점 앞에서 나무 상자 뺏어 간 아저씨들 있지? 그 아저씨들이 다짜고짜 너 어디 있냐고 협박해서 병원에 갔다고 얘기했어."

전화 너머 수지의 성난 목소리가 들렸다.

"바보야, 그걸 사실대로 얘기하면 어떡해! 어휴, 내가 그때 화장실에 가지 말았어야 했는데!"

"그럼 어떡해? 그 우락부락한 아저씨가 날 노려보는데 얼마나 무서웠는지 알아? 우진아, 네가 요강처럼 생긴 뭔가를 갖고 있는 거지? 그 아저씨들이 그 물건 때문에 널 찾는 것 같던데."

우진이가 침착하게 말했다.

"응, 그 사람들이 내가 가진 황금 요강을 찾는 것 같아. 근데 나도 그 사람들한테 꼭 돌려받아야 할 게 있어. 일단 내가 나중에 다시 전화할게."

우진이는 전화를 끊고 병실로 돌아가 창밖을 살폈다. 잠시 뒤, 차 한 대가 병원 앞에 서더니 남자 둘이 내렸다. 아까 우진이네 집으로 몰래 들어가던 사람들이었다. 우진이는 깜짝 놀랐다. 입원 병실이 몇 개 없는 작은 병원이라 들키는 건 시간문제였다. 우진이는 재빨리 병실 밖으로 나갔다.

얼마 안 있어 최곡대 소장과 김 부장이 우진이 엄마의 병실로 들어섰다. 병실엔 우진이 엄마 혼자서 곤히 잠들어 있었다.

"소장님, 이 녀석이 뭔가 눈치채고 도망간 것 같은데요."

두 사람은 다시 1층 현관으로 뛰어 내려갔다. 마침 달아나는 우진이의 뒷모습이 김 부장의 눈에 띄었다.

"소장님, 저기! 저기!"

"빨리 잡아!"

최곡대가 병원 주차장을 가르지르는 우진이를 향해 소리쳤다.

"너, 이 녀석! 잡히면 가만 안 둔다! 거기 서! 내 골드문스톤 내놓으란 말이야!"

시끄러운 소리에 우진이가 뒤를 돌아보았다. 최곡대와 김 부장이 우진이를 노려보며 잡아먹을 듯 쫓아오고 있었다. 잡히면 가만 안 둔다니, 이럴 땐 그저 도망가는 수밖에 없었다.

"내 똥요강 먼저 돌려 달라고요!"

우진이가 악을 쓰듯 외쳤다.

때마침 공교롭게도 횡단보도의 신호등이 빨간불로 바뀌었다.

"아, 왜 하필 지금!"

신호를 기다렸다가는 잡힐 것이 분명했다. 우진이는 재빨리 육교로 달려갔다. 아슬아슬하게 육교를 건넜다. 심장이 터질 것 같았다. 우진이가 겨우 숨을 고르고 있는데, 갑자기 땅이 흔들렸다.

"으아앗!"

우진이가 주저앉으며 몸을 웅크렸다.

갑자기 바닥이 푹 꺼지는 느낌이 들더니 우진이가 밟고 있던 시멘트 바닥이 와르르 무너져 내리기 시작했다. 우진이의 앞에 있던 나무가 우지끈 꺾이며 땅속으로 사라졌다. 소리 한 번 지를 틈도 없이 눈 깜짝할 새에 일어난 일이었다.

그 순간, 우진이는 자기도 모르게 엄청난 힘이 솟는 듯싶더니 그 자리에서 힘껏 뛰어올랐다.

우진이는 무너진 땅 위를 훌쩍 넘어서 아직 멀쩡한 땅 위에 가볍게 착지했다. 뒤돌아보니 땅은 엄청나게 깊이 파여 있었다. 싱크홀이었다.

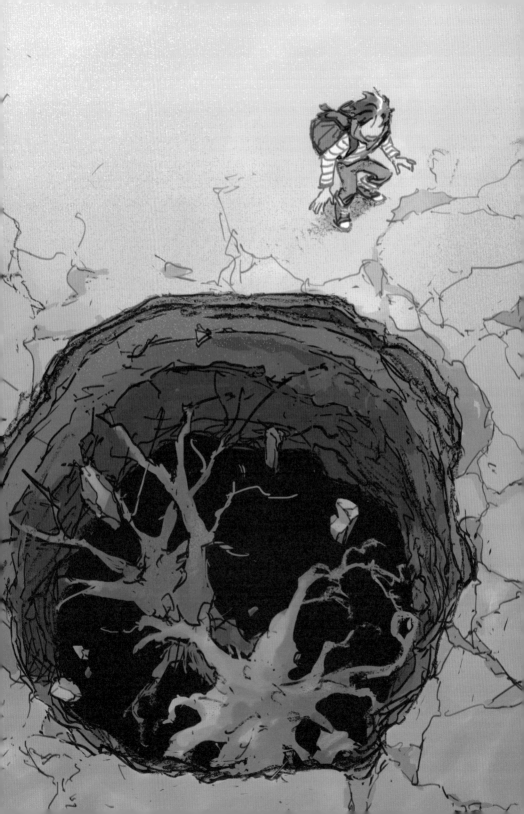

'방금 나…… 엄청 높게 점프한 것 같은데.'

우진이가 놀란 가슴을 쓸어내리는 사이, 사람들의 비명이 들리고 엉킨 차들의 경적 소리가 꽝꽝꽝 울렸다. 계속 뛰지 않으면 또 싱크홀이 생겨서 우진이 자신도 땅속으로 꺼질 것 같았다.

싱크홀 주변으로 뿌연 회색 먼지가 일었다. 우진이는 엄마가 있는 병원 쪽을 보려고 눈앞의 먼지바람을 손으로 휘휘 저었다. 하지만 엄청난 흙먼지와 시멘트 가루 때문에 병원은 잘 보이지 않았다.

'엄마는 괜찮을까?'

우진이가 다시 병원으로 향하려는데, 앞에서 달려오던 검은색 지프차가 우진이 앞에서 급히 멈춰 섰다.

"타! 어서!"

이미남이 우진이에게 외쳤다. 지프차 운전석에는 이미남이, 뒷좌석에는 수표와 수지가 타고 있었다. 싱크홀 맞은편에는 최곡대 소장과 김 부장이 입을 다물지 못한 채 주저앉아 있었다. 우진이는 서둘러 지프차에 몸을 실었다.

7. 실버문

"공수표! 공수지! 이게 다 어떻게 된 거야?"

우진이가 수표와 수지에게 물었다. 수표가 볼이 벌게진 채로 말했다.

"아까 우진이 너한테 전화하고 나서 수지랑 나랑 모루 병원에 가려고 했는데……."

수지가 이어서 말했다.

"마침 사진작가 아저씨가 우리 편의점 앞을 지나가다가 우리가 발을 동동 구르는 걸 보고 무슨 일이냐고 묻길래 전부 다 말씀드리고 우리 좀 병원으로 태워 달라고 했어."

이미남이 말했다.

"마침 태봉산에 가려던 참이었는데, 얘네들이 어쩔 줄을 모르고 있더구나. 근데 모루동에도 싱크홀이 생기다니, 하마터면 네가 싱크홀에 빠질 뻔했어. 지구에 더 이상 안전한 곳은 없군."

우진이가 차창 밖으로 고개를 내밀었다.

"엄마……. 엄마가 있는 모루 병원 건물은 괜찮을까요?"

"모루 병원은 싱크홀이 일어난 대로변보다 안쪽에 있어서 괜찮을 거야. 그나저나 쟤네들한테 듣기로는 네가 지금 쫓기고 있다던데?"

이미남이 묻자 우진이는 잠시 생각에 잠겼다가 대답했다.

"그 이상한 아저씨들이 제 소중한 물건을 훔쳐 갔어요."

"네 물건을 훔친 건 그 사람들인데, 어째서 네가 쫓기는 거니? 경찰에 신고는 했고?"

"아니요……."

"그 사람들이 훔쳐 간 게 뭔데? 비싼 거냐?"

도둑맞은 물건이 대변이 든 낡은 요강이라는 말은 여전히 입 밖으로 뱉기 싫었다. 그 사실을 들켰다가는 평생 얼굴도 못 들고 살 것 같았다.

"비싼 건 아닌데…… 제겐 소중한 거예요."

"그래. 누구에게나 돈으로는 가치를 매길 수 없는 소중한 것

98

들이 있지.”

이미남이 조용히 고개를 끄덕였다. 우진이는 괜히 혼자 얼굴이 붉어졌다.

이미남이 내비게이션 목적지에 ‘태봉산’을 입력했다. 그동안 계속 예의 주시하며 살피고 있던 태봉산 중턱에 연구소가 하나 있다는 것을 알게 되었다. 이미남은 분명 그 연구소에 태봉산의 이상 현상에 대한 비밀이 숨겨져 있을 것이라 확신했다. 이미남이 찾는 것이 태봉산에 있다는 것도 의심의 여지가 없었다.

“태봉산으로 가는 길에 너희를 모루고개에 내려 주고 싶지만, 이상한 사람들이 쫓아온다고 하니 아무래도 걱정이 되는구나. 난 지금 태봉산에 있는 연구소에 가서 꼭 알아봐야 할 게 있거든. 거기 다녀와서 내려 줘도 되겠니? 아니면 모루고개에서 좀 떨어진 곳에 내려 줄까?”

이미남이 묻자 세 아이가 동시에 고개를 격하게 가로저었다.

“아니요! 태봉산에 갔다가 돌아오는 길에 내려 주세요!”

이미남이 고개를 끄덕였다.

곧 네 사람이 탄 차는 인적이 드문 국도로 접어들었다. 이미남은 우진이가 끌어안고 있는 배낭을 보더니 픽 웃으며 말했다.

“근데 그 배낭엔 대체 뭐가 들었길래 그렇게 품에 안고 있는 거냐? 누가 보면 금덩어리라도 들어 있는 줄 알겠다."

우진이는 말없이 배낭을 더 꼬옥 끌어안았다.

오늘따라 유독 미세먼지가 심해 하늘이 뿌옜다. 바람도 어쩐지 스산하게 불었다. 차로 몇 분 더 가자 멀리 태봉산이 보였다. 올해가 가기까지 한 달도 채 안 남은 겨울임에도 여전히 태봉산은 푸르렀다.

차가 태봉산 입구에 섰다. 입구에는 '외부인 출입 금지'라고 쓰인 커다란 푯말이 있었다.

그때 차 앞 풀숲이 흔들리더니 누군가가 풀숲 밖으로 휙 튀어나왔다. 수표와 수지가 소리를 질렀다.

"으아아악!"

머리가 새하얗게 센 할머니가 놀란 얼굴로 차 앞에 서 있었다. 이미남이 황급히 창문을 내리고 할머니를 향해 소리쳤다.

"누구시죠?"

할머니가 이내 수심이 가득한 얼굴로 말했다.

"아, 그게…… 우리 딸이 이 산에 있는 연구소 박사인데, 몇 달 전부터 연락을 받질 않아요. 딸 친구들도 연락이 안 된다고 하고…… 그래서 여기까지 찾아왔어요."

이미남이 말했다.

"어르신, 여기에 이렇게 혼자 계시면 위험해요. 혹시 따님 이름이 어떻게 되나요?"

"강달래예요. 강달래 박사. 천문학자고 나이는 50대 초반이랍니다."

할머니의 창백한 얼굴에 미소가 살짝 스쳤다. 이미남이 미간을 찌푸리며 고개를 갸웃거렸다.

"천문학자라고요?"

"네, 그 아이는 제 자랑이에요. 그런데 이렇게 오랫동안 연락이 안 되니 너무 걱정이 돼서……."

이미남이 말했다.

"어르신, 마침 저도 그 연구소에 볼일이 있어서 가는 길이에요. 만나면 제가 꼭 연락하라고 전해 드릴 테니, 산에서 내려가 계세요."

할머니가 머뭇거리다 고개를 끄덕였다. 그러더니 주머니에서 주섬주섬 봉투 하나를 꺼냈다.

"우리 아이가 좋아하는 군밤이에요. 매일 연구소에만 갇혀 있었을 테니 구경도 못 했을 거예요."

우진이가 차에서 내려 할머니가 준 군밤을 받아 호주머니에 넣었다. 할머니는 못내 아쉬운 얼굴로 돌아섰다. 할머니가 산을 내려가는 것을 지켜본 네 사람은 안도의 한숨을 내쉬었다. 이미남이 차 시동을 걸며 말했다.

"다시 출발하자."

태봉산 숲속으로 더 깊숙이 들어가자 산바람이 강하게 불었다. 강한 바람 탓에 나무들이 기괴한 춤을 추는 것처럼 이리저리 흔들렸다. 그러다 빽빽한 나무 때문에 길이 완전히 막혀 차로 더는 앞으로 나아갈 수 없었다. 네 사람은 할 수 없이 차에서 내렸다.

차에서 내리니 습하고 후덥지근한 공기가 훅 엄습했다. 하늘이 어둑해지면서 숲속은 어쩐지 호랑이나 곰이 튀어나올 것처럼 으스스했다. 겁에 질려 도로 차에 타려는 수표를 보며 수지가 말했다.

"아, 어딜 가! 여기까지 와 놓고!"

이미남은 바바리코트 안쪽 주머니에서 철로 만든 칼집 하나를 꺼냈다. 그러고는 은빛이 나는 칼집에서 천천히 칼을 뺐다. 그런데 놀랍게도 손바닥만 한 작은 칼집에서 이미남의 팔 길이만 한 칼이 죽 나왔다. 우진이가 흠칫 놀라 뒤로 물러섰다. 이미남이 나뭇가지를 향해 칼을 휘두르자 잘린 나뭇가지들이 우수수 떨어졌다.

"역시 실버문이야."

이미남이 번쩍이는 칼을 바라보며 흡족한 웃음을 지었다.

수지가 수표에게 소근거렸다.

"도대체 저 아저씨 정체가 뭐야?"

수표가 말했다.

"영화배우 아닐까? 촬영장에서 소품 훔쳐 온 건 아니겠지?"

하지만 소품이라고 하기엔 칼날이 뿜는 은빛이 예사롭지 않았다. 갑자기 우진이는 저 실버문이라는 칼을 직접 다뤄 보고 싶어졌다.

"아저씨, 저도 한번 들어 보면 안 될까요?"

"이걸? 네가 들기에는 꽤 무거울 텐데?"

이미남은 주머니에서 똑같은 칼집을 하나 더 꺼내 우진이에게 던졌다.

"똑같은 칼이 또 있어요?"

우진이가 이렇게 물으며 칼집을 받았다.

"조심하렴. 특수 제작한 칼이라 힘이 약한 인간이 감당하기엔 좀 버거울 거야. 이름이 초우진이라고 했지? 그 칼은 이따가 돌려주렴."

우진이는 칼집을 허리춤에 꽂고 스르르 칼을 빼 들었다. 실버문은 판타지 게임 속 전사의 칼처럼 너무나 근사했다. 게다가 이미남의 말과 달리 무게는 새털처럼 가벼웠다.

"칼을 휘두르면 뭐든 쉽게 잘릴 거야. 넌 인간이니까 더더욱 조심해. 실버문은 뭐든지 베어 버리는 무시무시한 칼이거든."

"아저씨도 인간 아니에요? 왜 자꾸 인간, 인간 하시는 거예요?"

"자세한 건 나중에 얘기하자!"

네 사람은 다시 성큼성큼 숲길을 올랐다. 이미남과 우진이가 나무들이 네 사람을 향해 쓰러지듯 다가올 때마다 실버문을 들어 휘둘렀다. 얇은 나뭇가지부터 나무의 굵은 몸통까지, 굵기와 상관없이 실버문은 나무들을 쉽게 잘랐다. 믿을 수 없는 광경에 수표와 수지가 눈을 휘둥그레 뜬 채로 우진이의 뒤를 따

랐다.

　수지가 못 참겠다는 듯 이미남을 향해 버럭
소리쳤다.

　"아저씨! 물건만 받아 오면 된다면서요!
우리 여기서 멀쩡히 나갈 수는 있는 거예요?
이 나무들은 대체 왜 이래요? 꼭 움직이는 것
같잖아요!"

이미남이 말했다.

"이게 다 골드문스톤 때문이야. 골드문스톤의 엄청난 에너지 때문에 이렇게 된 거란다. 아무튼 걱정하지 말고 일단 나만 따라와라!"

수표가 갸웃거리며 중얼거렸다.

"골드문스톤? 처음 듣는 물질인데. 먹는 건가? 흠, 근데 왜 나무들이 공격하는 느낌이 들지? 특히 우진이 너를 말이야."

우진이도 같은 생각이었다. 나무들이 유독 우진이를 향해서만 더욱 달려드는 느낌이었다. 우진이는 온몸이 땀으로 범벅이 되었다. 하지만 끊임없이 칼을 휘두르는데도 오히려 기운이 펄펄 솟았다. 신기했다.

우진이는 배낭에 든 물건을 떠올렸다. 주인을 알 수 없는 황금 요강을 집에 들이면서부터 매일 기운이 솟고 몸도 점점 튼튼해진 것이 아닐까 했던 의심은 이제 확신이 되었다. 앞서 걷던 이미남이 말했다.

"초우진, 안 힘드니? 칼 그만 이리 줘야…… 응?"

뒤돌아 우진이를 본 이미남이 어처구니없다는 표정을 지었다. 우진이는 권법을 하듯 신나게 칼을 휘두르며 이리 뛰고 저리 뛰며 나뭇가지들을 자르고 있었다.

"우아! 이 칼 진짜 신기해요. 칼이 저절로 길어졌다 짧아졌다 해요!"

겁에 질려 있던 수표와 수지도 실버문의 위력에 어느덧 손뼉을 치며 놀라워했다.

"우진아! 너 훨훨 날아다니는 것 같아! 나도 그 칼 써 볼래!"

우진이가 실버문을 수표에게 내밀었다. 수표가 실버문을 쥐고 덤벼드는 나뭇가지를 향해 휘둘렀다. 하지만 실버문은 수표가 원하는 대로 움직여 주지 않았다.

"이상하네. 이게 내 생각처럼 움직이지 않아. 오른쪽으로 휘두르면 왼쪽으로 가고, 왼쪽으로 휘두르면 오른쪽으로 가고……."

수표가 고개를 갸웃하던 그때, 나뭇가지 하나가 아이들을 향해 스르륵 다가왔다.

"수표야! 위험해!"

우진이가 수표 손에 들린 실버문을 빼앗아 달려드는 나뭇가지를 내리쳐 잘랐다. 날렵한 움직임에 이미남이 믿을 수 없다는 얼굴로 우진이를 바라보았다. 이미남과 눈이 마주친 우진이가 말했다.

"아저씨, 이 칼 대체 정체가 뭐예요? 제 손에 딱 맞는 것 같아요. 비싼 거예요? 어디서 사셨어요?"

이미남은 아무 말도 하지 않고 우진이가 든 실버문만 바라보았다. 대신 수지가 말했다.

"우진 오빠, 중고 물건 사고파는 앱 알지? 내가 거기서 이 칼 찾아보고 안 비싸면 내가 생일 선물로 사 줄게. 어때?"

우진이가 웃으며 고개를 끄덕였다. 이미남이 점점 더 밝은 빛을 내는 우진이의 실버문을 보며 고개를 갸웃거렸다.

어느덧 태봉산 중턱에 다 왔을까 싶을 때쯤, 이미남이 뭔가를 발견하고 억센 풀들을 헤치며 앞으로 뛰어나갔다. 아이들도 이미남을 따라 뛰었다.

정글 같던 수풀을 벗어나자 높다란 언덕이 나오며 뿌옇고 탁한 하늘이 나왔다. 언덕에는 담쟁이덩굴에 칭칭 감긴 낡은 건물이 서 있었다. 건물 앞에 낡은 푯말이 보였다.

'태봉산 우주 연구소'라고 적힌 푯말이었다.

8. 강달래 박사

"얘들아, 도착했다!"

"여기가 아저씨가 말한 연구소예요?"

우진이의 물음에 이미남이 고개를 끄덕였다. 담쟁이덩굴로 덮인 회색 건물은 마치 주인 없는 무덤처럼 쓸쓸해 보였다. 수지가 무서운지 수표 팔을 꽉 잡은 채 말했다.

"아저씨, 그래서 여기서 뭘 찾는다고요? 아까는 좀 이따가 말해 준다고 하셨잖아요."

"사실 골드문스톤이라는 걸 찾고 있단다. 골드문스톤은 망가진 지구를 살릴 유일한 희망이지. 태봉산 오르는 길의 나무들을 보니, 골드문스톤이 이 연구소에 있다는 게 더 분명해졌어. 아까 올라오면서 움직이는 나무들 봤지? 전부 골드문스톤의 에너지를 과하게 받은 탓에 그 부작용으로 살아 움직이면서 우리를 공격했던 거야."

수지가 잠깐 생각하더니 웃으며 말했다.

"드라마를 너무 많이 보신 거 아니에요? 그냥 땅이 움직여서 그런 거겠죠. 에이! 아저씨, 농담하지 마세요."

수표가 급하게 수지의 입을 막으며 흥분해 외쳤다.

"아니야, 공수지! 이건 정말 미스터리 현상 맞다고. 과학 커뮤니티 글에서만 보던!"

이미남은 대답 대신 어깨를 으쓱하더니 연구소 건물 앞으로 걸어갔다. 이미남이 건물의 담쟁이덩굴을 잡아떼자 유리문 하나가 나왔다. 유리문은 군데군데 금이 가 있었다.

유리문을 조심조심 열고 들어가자 건물 안 퀴퀴한 냄새가 콧속으로 훅, 하고 들어왔다. 우진이와 공 남매는 이미남 뒤를 바짝 따라붙었다.

이미남이 손전등을 켜자 연구소 구석구석에 초록색 이끼가 보였다. 연구소 창문까지 전부 담쟁이덩굴로 가려져 있던 것으로 보아 건물 안에 볕이 들어올 틈이 없었던 것 같았다. 걸음을 내딛을 때마다 푹신한 이끼가 밟혔다.

그러다 이미남이 수상한 문을 발견했다. 문에는 '1 연구실'이

라고 쓰여 있었다. 네 사람이 다가가 조심스레 문을 열었다.

전등불은 들어오지 않았지만, 갈라진 천장 틈새로 새어 들어오는 빛 덕분에 설핏설핏 앞을 볼 수 있었다. 놀랍게도 1 연구실 안에는 알 수 없는 식물들이 천장에 닿을 것처럼 높이 자라 있었다. 심지어 어떤 식물은 줄기들이 자기들끼리 얼기설기 얽혀 위로 향하다 천장을 뚫고 자란 채였다. 기괴한 광경이었다.

넓은 연구실 안에는 아무도 없었지만 연구원들이 썼던 듯한 책상이 있었다. 위에는 각종 서류들이 제멋대로 널려 있었고 컴퓨터 모니터는 폭풍이 훑고 간 것처럼 모두 깨져 있었다. 이미남이 다가가 책상 위에 있는 온갖 잡동사니를 살펴보았다.

"여기 연구원들은 전부 떠난 건가?"

그때 우진이의 휴대폰이 진동했다.

"아차! 엄마다! 엄마가 집에 도착하면 전화하라고 했는데."

우진이는 후다닥 배낭 속을 뒤적였다. 그러다 그만 황금 요강을 떨어뜨리고 말았다. 황금 요강이 어두운 구석으로 데굴데굴 굴러갔다.

"앗! 안 돼!"

우진이가 다급히 황금 요강이 굴러간 쪽으로 뛰어갔다. 그런데 곧 무언가를 발견하고는 소스라치게 놀랐다.

하얀 가운을 입은 노인이 우진이가 떨어뜨린 황금 요강을 안고 서 있었다. 우진이는 놀란 얼굴로 노인 앞에 엉거주춤 섰다. 뒤이어 이미남과 수표, 수지가 뛰어왔다. 황금 요강이 아주 잠깐 푸른빛으로 반짝이는 순간을 놓치지 않고 이미남이 외쳤다.

"저, 저건? 골드문스톤!"

"골드문스톤이라고요? 저 황금 요강이?"

우진이는 깜짝 놀랐다. 노인은 골드문스톤을 꼭 끌어안은 채 뒷걸음질을 쳤다. 이미남은 대체 무슨 상황인지 혼란스러웠다.

"골드문스톤이 주인인 나에게로 다시 돌아왔군요. 은혜를 모르는 최곡대 소장이 나한테서 빼앗아 갔었는데. 역시 이건…… 내 것이에요."

눈이 벌겋게 충혈된 노인이 이미남과 아이들을 싸늘하게 쳐다보았다. 이미남이 노인에게 천천히 다가갔다.

"저…… 강달래 박사님, 맞으시죠?"

강달래가 깜짝 놀라며 이미남에게 눈을 흘겼다.

"당신, 결국 또 왔군요. 나를 만나려고 종종 우리 연구소 주변을 서성거렸던 걸 내가 모를 줄 알았어요?"

갑작스러운 말에 이미남은 어안이 벙벙했다. 무슨 소린지 이해가 되지 않았다. 세 아이가 일제히 의심스러운 눈빛으로 이미남을 쳐다보았다. 당황한 이미남이 말을 더듬었다.

"그게 무슨 말입니까?"

"난 이미 눈치채고 있었어요! 당신이 이렇게 찾아올 줄 이미 알고 있었다고요! 하지만 포기하세요. 나는 골드문스톤 연구에 내 인생을 바칠 거니까."

강달래의 말을 들은 이미남이 아이들의 눈치를 보며 계속 말을 더듬거렸다.

"아, 아니, 박사님. 당황스럽네요. 오해가 있으신 것 같은데 저는 오늘 이 연구소에 처음 왔어요. 빨리 골드문스톤을 돌려주십시오. 골드문스톤은 제자리로 가야 합니다."

"아니! 골드문스톤은 내 거예요! 골드문스톤 연구에 나는 아무 대가도 필요 없다고 했어요. 골드문스톤은…… 아름답고 특별하거든요. 이게 어떻게 우리 지

구에 왔는지, 인류에게 어떤 영향을 주는지 연구하는 데 내 인
생을 걸었는데……. 이제 와서 이걸 가져가겠다고요? 골드문스
톤이 있어야 할 자리는 바로 여기예요!"

이미남이 말했다.

"박사님, 골드문스톤은 인간이 가지고 있을 수 있는 것이 아
니에요. 아직도 모르겠나요? 당신의 모습을 좀 봐요! 그동안 골
드문스톤을 연구하면서 엄청난 에너지를 받다가 갑자기 골드문
스톤이 사라지니 그 부작용으로 받은 것보다 더 많은 에너지를
뺏겨서 노인이 되어 버린 거라고요!"

우진이는 깜짝 놀랐다.

"아저씨, 그럼 저건 진짜 요강이 아닌 거네요? 그럼 저도 확
늙어요?"

"너는 그렇지는 않을 거야. 강달래 박사는 12년 동안 엄청난
에너지를 받다가 그 에너지가 한순간에 사라졌으니까."

수지가 눈을 동그랗게 뜨고 말했다.

"그게 가능한 일이에요?"

이미남이 말했다.

"골드문스톤은 지구 자생력보다 백만 배 강한 힘을 지닌 에너
지원이거든. 요즘 지구에서 자주 일어나는 지진, 싱크홀, 생태계

파괴. 이게 뭘 의미하는 것 같니? 바로 지구가 병들었다는 증거야. 그래서 골드문스톤의 엄청난 에너지로 지구를 회복시켜야 하지. 시간이 없어. 저 골드문스톤이 없으면 지구는 곧…… 멸망할 거야."

세 아이가 동시에 소리쳤다.

"멸망한다고요?"

이미남이 말했다.

"그래. 골드문스톤은 백 년 주기로 에너지가 다 소진된단다. 그래서 내가 골드문스톤을 교체하러 12년 전에 지구에 온 거야. 하지만 사고를 당해 우주선도, 골드문스톤의 행방도 잊고 말았지. 다행히 나중에 우주선이 모루고개에 착륙했던 위치는 기억이 났지만. 이제 골드문스톤을 찾았으니 더는 지체할 시간이 없어. 올해 보름달이 가장 밝게 빛나는 오늘, 그동안 지구의 에너지원이었던 낡은 골드문스톤을 이 새 골드문스톤으로 교체해야 해! 만약 그러지 못한다면, 한 달 안에 지구는 온갖 재해로 멸망할 거다."

강달래가 의심 가득한 얼굴로 이미남에게 말했다.

"내가 12년 동안 힘들게 연구해 알아낸 것들을 당신은 이미 알고 있다니, 당신은 도대체 누구죠? 정체가 뭐죠?"

116

"믿기 힘들겠지만, 난 지구인이 아닙니다."

아이들은 입을 떡 벌리고 이미남을 바라보았다.

"내 행성은 지구로부터 5억 광년 떨어진 곳에 있는 'C9C9'라는 별이에요."

수표가 깔깔대며 말했다.

"얼씨구 절씨구의 그 '씨구'요?"

수지가 한심하다는 듯 수표를 째려보았다.

우진이가 말했다.

"그럼 아저씨는 외계인이에요?"

"뭐, 지구인 입장에서 표현하자면 그렇겠구나."

이미남이 어깨를 으쓱했다.

이미남은 C9C9에서 '나기'라는 이름으로 불렸다. 어쩌다 지구에서 이름이 '이미남'이 되었는지는 이미남도 기억하지 못한다. 이미남이 처음 지구로 온 날, 하필 갑작스런 우주선 추락 사고로 인해 골드문스톤도 잃어버리고 사고 당시의 기억도 잊어버렸다. 오직 자신의 이름이 '이미남'이라는 것 외에는 아무 기억도 나질 않았다.

"박사님, 골드문스톤을 돌려주십시오. 그렇지 않으면 지구는 곧 멸망할 겁니다."

이미남의 말에 강달래가 눈을 희번덕거리며 얼굴을 일그러뜨렸다. 그러고는 바닥에 놓여 있는 막대기 하나를 집어 들었다.

"나는 그동안 가족도 돌보지 않고 연구에만 전념했어요. 그러니 결국 부모님도 나를 버렸지요. 하지만 골드문스톤만 있으면 가족 따윈 필요 없어요. 나는 그동안 모은 엄청난 연구 자료를 최곡대에게 넘겨줬어요. 그런데 최곡대는 이제껏 나를 이용만 하고 골드문스톤을 뺏어 간 거죠! 당신이 나를 좋아하는 외계인이라도 이건 절대, 절대 줄 수 없어요!"

"아니, 그게 아니라니까요! 박사님은 지금 정상이 아니에요. 골드문스톤을 잃어버린 며칠 동안 당신은 급속도로 노화가 오고, 집착도 심해진 거라고요!"

이미남이 답답하다는 듯 외쳤지만 강달래는 콧방귀를 뀌었다.

"거짓말! 골드문스톤은 내 거예요. 나는 내가 앞으로 다시 젊어질 거고 아주 유명해질 거라는 걸 알아요. 그래서 외계인인 당신도 나를 좋아하는 거잖아요?"

강달래는 노벨 물리학상을 타고 전 세계 사람이 자신을 우러러보는 상상을 하며 얼굴 가득 미소를 지었다. 더는 설득할 수 없다는 것을 깨달은 이미남이 강달래 박사에게 두 손을 뻗으며 천천히 다가섰다.

그때 갑자기 강달래 박사가 눈빛이 변하며 이미남을 향해 쥐고 있던 막대기를 휘둘렀다. 퍽! 하는 소리와 함께 이미남이 한쪽 팔을 잡고 휘청거렸다.

"아저씨!"

우진이와 공 남매가 이미남에게 달려갔다. 강달래 박사가 골드문스톤을 꼭 끌어안은 채 연구소 뒷문을 향해 달아났다. 이미남이 막대기에 맞은 팔을 잡고 얼굴을 찡그렸다.

"우진아, 부탁한다! 실버문이 널 지켜 줄 거니 걱정 말고!"

우진이가 고개를 끄덕이고는 강달래를 쫓아갔다. 수표와 수지가 우진이를 따라 나가다 무성한 수풀 더미에 막혀 머뭇거렸다.

우진이가 깊은 숲속으로 들어가려는 강달래 박사를 향해 소리쳤다.

"박사님! 그깟 요강, 아니 물건이 뭐라고 부모도 친구도 필요 없는 건데요?"

허둥지둥 도망가던 강달래가 우진이의 말을 듣더니 갑자기 멈춰 섰다. 우진이를 돌아보는 강달래의 얼굴에는 분노가 가득차 있었다.

"가족도 나를 버렸어! 친구들조차도! 나는 골드문스톤만 있

으면 돼! 내가 성공하면 그제야 나를 봐 주겠지!"

순간 나뭇가지들이 강달래를 향해 괴물처럼 달려들었다. 강달래는 거친 숨을 내뱉으면서도 골드문스톤을 끌어안고 놓지 않았다. 금세 강달래는 나뭇가지에 둘러싸여 그 속에 파묻히고 말았다. 우진이는 실버문을 꺼내 강달래를 옥죄는 나뭇가지들을 베며 소리쳤다.

"박사님 생각은 틀렸어요! 우리 엄마도, 제 친구 수표랑 수지도 아무 이유 없이 저를 좋아해 준다고요! 그래서 저는 아빠가 없어도 외롭지 않았어요! 박사님 부모님이랑 친구들이 다들 박사님을 기다리고 있을 거예요! 박사님은 골드문스톤보다 더 소중한 사람들을 잊으면 안 돼요!"

"부모랑 친구가 나를 기다려? 내가 이 꼴인데, 나를 기다리겠냐고!"

나무줄기들이 강달래의 몸을 더욱 옥죄어 오기 시작했다.

우진이는 불현듯 태봉산 입구에서 만난 강달래 박사의 엄마가 떠올랐다.

"아까 여기 오는 길에 박사님의 엄마를 만났어요! 박사님이 걱정돼서 발을 동동 구르고 계셨다고요!"

"뭐라고? 엄마가?"

서로 억세게 붙들린 나뭇가지 사이로 강달래의 목소리가 조그맣게 새어 나왔다.

우진이는 계속해서 실버문으로 힘써 나뭇가지를 베었다. 신기하게도 실버문은 그때마다 길이가 늘어났다 줄어들었다 하며 강달래가 다치지 않도록 하려는 것처럼, 강달래와 적절한 거리를 유지했다. 마치 우진이의 마음을 읽는 듯했다.

드디어 나뭇가지들을 전부 베어 내자, 골드문스톤이 우진이 앞으로 데구루루 굴러왔고 강달래는 바닥에 털썩 주저앉았다.

우진이는 재빨리 골드문스톤을 배낭에 집어넣었다. 강달래의 감은 눈에서 눈물이 주르륵 흘렀다. 우진이는 조심스럽게 걸어가 강달래에게 손을 내밀었다.

"박사님, 같이 가실래요?"

강달래 박사는 말없이 연구소 쪽을 바라보았다. 그때, 이미남과 수표, 수지가 연구소 밖으로 뛰어나왔다.

강달래는 결심한 듯 아이들과 이미남을 향해 말했다.

"골드문스톤을 가지고 어서 가요. 내 마음이 바뀌기 전에요!"

우진이는 주머니에서 군밤이 든 봉투를 꺼내 강달래 박사의 손에 들려 주었다. 강달래는 우진이가 건넨 봉투를 오랫동안, 하염없이 바라보았다.

9. 이미남의 정체

이미남과 세 아이는 태봉산 숲길을 내려갔다. 우진이가 헉헉대며 이미남에게 물었다.

"아저씨가 찾던 게 이 골드문스톤이었어요?"

"맞아. 네가 가지고 있던 골드문스톤 때문에 태봉산의 나무들이 우리한테 반응한 거야. 얼른 이 태봉산을 벗어나자. 우진아, 이제 다시 실버문을 꺼내야 할 거다."

이미남은 강달래 박사에게 공격받은 오른팔을 꽉 잡은 채 힘겹게 뛰었다. 나무들은 태봉산에 올라올 때보다 더 맹렬히 가지를 뻗었다. 수표가 겁에 잔뜩 질린 표정으로 소리쳤다.

"아저씨! 아까보다 더 빠르게 공격해 와요!"

"안 되겠다! 얘들아, 더 빨리 뛰어!"

네 사람은 달리는 속도를 높였다. 우진이는 수표와 수지 앞에서 나뭇가지들을 베며 달렸다. 이미남도 다치치 않은 팔로 나뭇가지들을 가까스로 쳐 냈다.

"으악!"

뒤따라오던 수표가 땅 위로 튀어나온 나무뿌리에 발이 걸리며 넘어졌다. 그러자 나뭇가지들이 순식간에 수표의 발목을 휘어 감았다. 수지가 소리쳤다.

"수표 오빠! 안 돼!"

나뭇가지가 수표의 발목을 잡아채더니 허공으로 솟아올랐다. 덩달아 수표의 몸도 붕 떠 깃발이 펄럭이듯 이리저리 휘둘렸다. 우진이가 재빨리 펄쩍 뛰어올라 실버문을 휘둘렀다.

그러자 수표의 발목을 휘감은 나뭇가지가 동강 잘리며 수표가 바닥으로 곤두박질쳤다. 우진이가 떨어지는 수표를 두 팔로 가뿐히 받았다. 그 모습을 본 수지가 놀란 가슴을 쓸어내렸다. 이미남이 날다시피 높이 뛰어오른 우진이를 놀란 표정으로 바라보다가, 애써 정신을 차리고는 다시 아이들을 재촉했다.

"얘들아, 거의 다 왔어! 조금만 더 힘내라!"

마침내 우거진 나무숲을 벗어나자마자 이미남이 주머니에서 차 키를 꺼내 버튼을 눌렀다.

삐빅, 하고 자동차 문이 열리는 소리가 들렸다. 네 사람은 자동차에 올라탔다. 이미남은 곧바로 시동을 걸어 출발했다. 나뭇가지들이 고무처럼 늘어나 끝까지 자동차에 달라붙었다. 차가 멀어지자 나뭇가지들은 그제야 차례차례 떨어져 나갔다.

태봉산 입구를 벗어나서야 이미남과 아이들은 안도의 한숨을 내쉬었다. 이미남은 계속 묻고 싶었던 말을 꺼냈다.

"우진아, 그런데 골드문스톤이 어쩌다 너한테 간 거니? 네가 갖고 있을 만한 것이 아닌데 말이야."

우진이는 골드문스톤이 집 앞에 떨어진 그날을 떠올렸다. 우진이가 자초지종을 들려주자, 이미남은 이해가 안 된다는 듯 말했다.

"그런데 골드문스톤이 왜 너희 집까지 굴러간 걸까?"

"글쎄요. 그건 저도 잘 모르겠어요."

우진이가 이미남을 슬그머니 바라보았다. 길쭉한 얼굴, 새까만 눈썹, 굳게 다문 입술이 강단 있어 보였다.

'영화나 드라마 속 외계인 모습은 다 뻥이었나 봐.'

우진이가 이렇게 생각하다가 불쑥 물었다.

"아저씨, 정말 외계인 맞아요? 외계인들이 다 아저씨처럼 생겼어요?"

"다 나처럼 잘생기지는 않았어."

"픕!"

아이들은 약속이라도 한 것처럼 웃음을 터뜨렸다.

"참고로 나는 사실만 말하는 편이야."

우진이가 더 크게 웃으며 이미남의 말을 받아쳤다.

"저도 거짓말은 안 하는데요, 엄마가 저보고 늘 뭐라고 한 줄 아세요? 아저씨 이름처럼 미, 남! 엄마도 제가 미남이랬어요. 아빠를 닮아서 잘생긴 거라나? 히히!"

수지가 거들었다.

"맞아요! 그래서 우진 오빠가 이렇게 잘생긴 거라고 아주머니가 항상 말씀하셨어요."

이미남이 수지를 향해 껄껄 웃었다.

"너는 우진이를 정말 좋아하는구나?"

수표가 말했다.

"수지가 원래 눈이 많이 낮아요, 흥!"

수지가 수표를 향해 눈을 흘겼다.

우진이가 이미남에게 물었다.

"근데 아저씨는 왜 지구에 오셨어요?"

"말하자면 긴데……. 나중에 얘기해 줄게."

126

이미남은 생각에 잠겼다.

C9C9 행성의 중앙 정부 건물 회의실을 두른 유리창 너머로 자동차들이 공중을 날아다녔다. 회의실 원탁에는 각 행성의 대표들이 앉아 있었다. 지구 멸망이라는 심각한 사안 때문에 모두가 모이기로 한 날이었다. C9C9 행성의 의장이 물었다.

"지구가 얼마나 더 버틸 수 있을까요?"

토성을 대표하여 회의에 참석한 한 의원이 답했다.

"지구인들에 의한 대기 오염, 수질 오염 그리고 온갖 폐기물 때문에 지구 생태계가 심하게 파괴되고 있습니다. 여기 이 화면을 보십시오."

토성에서 온 의원이 허공을 톡 치자 홀로그램 영상이 나타났다. 유조선에서 유출된 기름을 뒤집어쓴 병든 고래들과 해변으로 떠내려온 물고기 사체들, 폐타이어가 목에 낀 기린, 인간이 버린 플라스틱 쓰레기를 먹이로 착각하고 먹는 동물들의 모습…… 각 행성의 대표들이 화면을 보며 웅성거렸다.

"정말 끔찍하군요. 결국 이상 기후와 지진, 전염병으로 지구는 조만간 대 멸망을 맞이할 겁니다. 그 어떤 생명도 살지 못하게 된다고요."

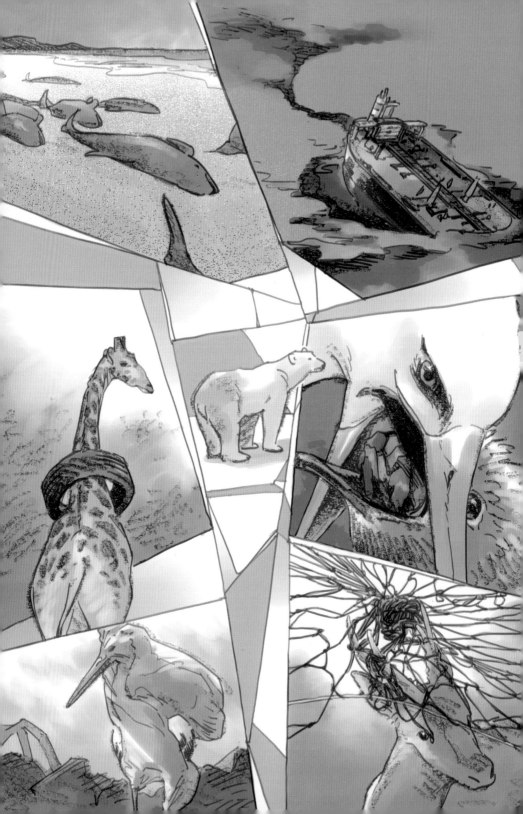

"이 너른 우주에 지구만큼 풍요롭고 아름다운 행성이 어디 있습니까? 지구인들은 감사할 줄 모릅니다."

행성 대표들의 아우성이 멈추자 잠시 침묵이 회의실을 채웠다. 가만히 듣고만 있던 C9C9 행성 의장이 입을 열었다.

"지구 생태계가 망가지기 시작하면서, 우리 우주 조합에서는 동아시아 한반도에 있는 지구 내핵과 연결된 통로에 100년마다 골드문스톤을 넣어 생명력을 공급해 왔었습니다. 그런데 저 장면을 보니 최근 지구의 모습은 그 어느 때보다 심각하군요."

또다시 행성 대표들이 고개를 끄덕거리며 심난한 얼굴로 서로 마주 보았다. 화성을 대표하는 의원이 말했다.

"이번에는 C9C9 행성이 지구에 파견될 차례라고 들었습니다."

그때, C9C9 행성 의장이 손짓을 하자 누군가 회의실로 들어왔다. 골드문스톤을 들고 있는 나기, 즉 이미남이었다. 의장이 자신의 옆에 나기를 세웠다.

"맞습니다. 이번에는 이 아이가 골드문스톤을 지구로 운반할 겁니다. 지구가 멸망해서 우주의 질서가 깨지는 일은 절대 없어야 합니다."

C9C9 행성 의장은 나기를 향해 말했다.

"골드문스톤 하나를 만드는 데 각 행성을 대표하는 과학자들이 모여 수십 년의 시간을 쏟아부었다. 아주 소중한 것이니 꼭 지구로 잘 가져가야 한다."

나기가 대답했다.

"걱정하지 마십시오. 제가 책임지고 골드문스톤을 지구에 전달하겠습니다. 저도 아름다운 지구를 지키고 싶습니다. 그런 의미에서 임무를 완수하면 잠시 지구 여행을 하고 돌아와도 되겠습니까?"

의장이 고개를 끄덕였다.

"성공만 한다면, 천천히 돌아와도 된다."

나기의 두 눈이 초롱초롱히 빛났다.

이미남은 과거를 회상하다 조수석으로 고개를 돌렸다. 우진이는 창문에 머리를 기댄 채 꾸벅꾸벅 졸고 있었다. 뒷좌석 공남매도 서로의 머리에 기대어 쿨쿨 잠들어 있었다. 이미남은 조심스레 갓길에 차를 세우고는 우진이를 바라보았다.

"우진이 네 덕분에 골드문스톤을 찾았어. 바로 옆에 있는 줄도 모르고 그렇게 헤매고 다녔다니……."

이미남이 우진이의 얼굴을 찬찬히 살폈다. 키는 커도 얼굴은 아직 앳된 아이였다. 길쭉한 얼굴에 뾰족한 코가 눈에 띄었다.

"아무래도 기분이 이상하단 말이야."

이미남이 중얼거렸다.

다시 출발한 차는 한참을 더 달렸다. 붉은 저녁노을이 하늘을 가득 덮을 때쯤, 이미남의 차가 모루동에 접어들었다. 이미남은 수표 편의점 앞에 차를 세우고 아이들을 깨웠다.

"얘들아, 도착했다!"

아이들이 눈을 비비며 일어나 차에서 차례대로 내렸다. 이미남이 우진이의 배낭을 열며 말했다.

"골드문스톤은 내가 가져갈게."

우진이가 말했다.

"네, 아저씨. 그런데, 어디로 가실 거예요?"

"곡대 연구소로 갈 거다. 이 모루동에서 아직 제대로 조사해 보지 않은 곳은 그곳 하나뿐이거든."

"같이 가요."

"왜? 위험하다고 했잖니."

"그 연구소 사람들이 우리 엄마의 요강을 훔쳐 갔어요. 꼭 돌려받아야 해요!"

"그럼 우진이 네가 도둑맞은 게 요강이었니?"

수지가 둘의 대화에 끼어들었다.

"아저씨! 요강 훔쳐 간 사람들, 나쁜 사람들 맞죠?"

이미남이 말했다.

"그런 셈이야. 그 사람들이 골드문스톤을 가져가 몰래 연구하는 바람에 지금 지구가 멸망할 위험에 빠진 거니까. 그리고 내가 타고 왔던 우주선은 골드문스톤을 교체하는 곳에 착륙 예정이었단다. 내 기억은 거기까지야. 내가 모루고개에 추락해 기억을 잃었으니, 아마 모루고개 어딘가에 지구의 내핵과 연결된 통로가 있을 거야. 우주선도 다시 되찾아야 해."

수지가 외쳤다.

"우진 오빠네 요강을 훔쳐 간 사람들이 그 곡대 연구소 사람들이니까, 곡대 연구소에 아저씨가 찾는 우주선도 있지 않을까요?"

"너, 생각 외로 똑똑하구나?"

이미남이 수지를 향해 활짝 웃었다.

"우리보고 호기심도 없고 머리도 나쁘고 멍청하다고 말했던 거, 취소하세요!"

이미남이 당황한 듯 헛기침을 했다.

"흠, 내가 그렇게까지 말한 것 같진 않은데."

132

"제 귀엔 그렇게 들렸다고요!"

수표가 갑자기 우진이의 휴대폰을 빼앗았다.

"음, 휴대폰 배터리는 충분하네. 우진아, 연구소에 가면 말이야, 외계인 시체가 있을지도 모르니까 발견하면 영상으로 찍어와! 히히! 외계인들은 머리가 뾰족하고 눈이 뻥 뚫리고, 상대방의 생각을 읽거나 텔레파시를 막 보내고 그럴 수도 있으니까 조심해. 너희도 알다시피 내가 과학 상식이 좀 많잖아."

수지가 고개를 갸우뚱하며 수표를 쳐다보았다.

"오빠는 눈앞에 외계인을 두고도 그런 소리가 나와?"

이미남도 피식 웃었다.

"지구인들의 상상력이란!"

수지가 손가락을 치켜들며 말했다.

"내 생각엔 그 연구소에서 비밀 실험을 하고 있는 것 같아. 좀비로 변하는 바이러스 연구 같은 것 말이야."

수표가 피곤한 목소리로 말했다.

"아무튼, 우진아. 요강 잘 찾아와라. 아저씨, 안녕히 가세……."

"나는 우진 오빠를 위해 지구 끝까지 함께하겠어! 수표 오빠도 갈 거지?"

수지가 수표의 말을 끊고 우렁차게 말했다. 수지의 물음에 수표는 대답 대신 고개를 저으며 중얼거렸다.

"억지로 데려갈 거면 왜 물어보는 거야?"

모루고개 꼭대기에 다다른 이미남의 차가 속도를 줄였다. 어쩐 일인지 항상 굳게 닫혀 있던 곡대 연구소 정문이 활짝 열려 있었다. 수상했다. 네 사람이 탄 차는 무리 없이 정문을 통과했다. 가을 내내 치우지 않아 쌓인 낙엽들이 우수수 흩날렸다.

우진이가 차에서 내리며 말했다.

"엄청 조용하네요."

"그러게 말이야. 경비가 허술해진 것 같구나."

2층으로 된 회색 건물 주위에는 고요한 적막이 감돌았다. 심지어 음침한 분위기까지 느껴졌다. 수표가 중얼거렸다.

"우아, 이런 으스스한 건물일 줄은 상상도 못 했어."

네 사람은 조용히 건물 안으로 들어갔다. 연구소 건물은 창마다 불이 띄엄띄엄 켜져 있었지만 안에는 아무도 없었다. 모두가 숨죽여 살금살금 발걸음을 옮겼다.

1층 로비는 최첨단 시설까지는 아니어도 제법 근사하게 꾸며져 있었다. 둥그런 로비 중앙에 태극기 그림이 그려진 커다란 로켓 조형물이 있었다. 그리고 로켓 뒤쪽에는 단단해 보이는 은빛

철문이 버티고 있었다.

이미남이 철문을 조심스럽게 밀었다. 철문 안에는 아무도 없고 하얀색 연구복만이 옷걸이에 걸려 있었다. 수지는 신이 나 옷걸이로 달려갔다. 그러다 콘센트에 연결되어 있던 컴퓨터 전원 선에 걸려 휘청거렸다.

"수지야! 조심해!"

우진이의 말에도 수지는 아랑곳하지 않고 가뿐히 뛰어가 연구복을 걸쳤다. 수지가 입은 연구복이 바닥에 질질 끌리는 것을 보며 수표가 킥킥 웃었다. 그러더니 수지가 걸친 연구복을 빼앗아 입고는 자랑스럽게 말했다.

"나 천재 과학자 같지? 완전 어울리지 않냐?"

"얘들아, 지금 이 상황에서 패션쇼 하는 거 아니다."

이미남이 혀를 끌끌 찼다.

왜 연구소에 아무도 없는 건지 이미남이 의아해하던 중, 우진이가 작게 속삭였다.

"얘들아, 잠깐!"

안에는 문이 하나 더 있었다. 문패에는 '소장 최곡대'라고 쓰여 있었다.

"여기가 최곡대의 사무실이군."

이미남이 조심스레 문을 열어 아무도 없는 걸 확인하고 들어가 전등 스위치를 눌렀다. 어두웠던 내부가 눈에 훤히 들어왔다. 검은색 가죽 소파가 한가운데 있었고, 맞은편 창문 앞 커다란 책상 위에는 컴퓨터 전원이 켜져 있었다.

이미남은 주변을 두리번거리며 사물함을 뒤져 보고, 책상으로 다가가 서랍도 열어 보았다. 서랍을 뒤적거리다 USB 메모리 카드 하나를 발견했다. 이미남이 고개를 갸웃하며 USB 메모리 카드를 꺼내 컴퓨터에 연결했다. 모니터 화면을 보던 이미남의 얼굴에 곧 화색이 돌았다.

"제대로 찾아온 것 같군. '골드문스톤 12년 종합 연구 보고서'라⋯⋯. 연구자 강달래 박사, 그리고 최곡대 소장⋯⋯."

이미남이 안도하며 마우스로 몇 번 클릭하자 컴퓨터가 요란한 소리를 내더니 화면에 골드문스톤에 대한 여러 파일을 띄웠다. 이미남이 파일 하나를 클릭해 내용을 살펴보았다.

"전 세계를 지배할 힘, 골드문스톤? 어이가 없군. 뭔지 제대로 밝히지도 못했으면서 연구 보고서라고 하다니, 쯧쯧."

그사이 우진이는 사무실 구석구석을 살펴보았다.

'이 방에서 뭔가 그⋯⋯ 익숙한 냄새가 나는 것 같단 말이지.'

우진이가 책상으로 다가갔다. 그리고 컴퓨터를 보고 있는 이미남의 다리 아래로 기어들어 간 뒤 오로지 후각에만 집중하며 책상 밑을 살폈다.

"초우진, 뭐 하냐?"

공 남매가 책상 쪽으로 다가가려는데, 우진이가 무언가를 발견하고 활짝 웃으며 외쳤다.

"여기 우리 집 요강 있다아!"

정말로 책상 밑에는 우진이의 똥요강이 있었다. 우진이가 잽싸게 뚜껑을 열어 보고는 잔뜩 인상을 찌푸렸다. 대변이 그대로 있었다. 구리구리한 냄새 때문에 구역질이 나왔다.

우진이 뒤에 서 있던 수지가 물었다.

"요강 찾았어? 다행이다!"

"으, 으응."

우진이는 대충 대답하고 서둘러 요강 뚜껑을 덮고는 책상 밑을 다시 두리번거렸다. 구석에 널브러진 노란색 보자기를 발견한 우진이는 요강을 보자기로 정성스럽게 감쌌다.

10. 보름달이 뜨면

연구소 복도의 커다란 창문으로 달빛이 쏟아져 들어왔다. 오늘따라 달빛이 더욱더 밝았다. 새까만 밤하늘에는 반짝이는 별들이 쏟아질 것처럼 가득했다. 이 세상 것이 아닌 듯한 환상적인 풍경에 아이들이 탄성을 내질렀다.

우진이가 달을 향해 손을 뻗으며 말했다.

"얘들아, 달 좀 봐. 오늘 되게 크지 않아?"

수표와 수지도 신기한 듯 달을 구경했다. 그때 우진이의 배낭 속에서 골드문스톤이 약하게 진동했다. 이미남이 흔들리는 우진이의 배낭을 보고는 심각한 표정으로 달을 쳐다보았다. 그런데 어디선가 무언가 썩는 듯한 쿰쿰한 냄새가 나는 듯했다.

"얘들아, 어디서 이상한 악취가 나는 것 같지 않니?"

이미남이 코를 킁킁거리자 아이들도 따라서 킁킁대기 시작했다.

"연구소 뒤쪽에서 나는 것 같아요!"

수지의 말에 모두가 연구소 뒤뜰로 뛰어갔다.

악취의 정체는 곡대 연구소 뒤뜰에 쌓여 있는 거대하고 흉물스러운 쓰레기 산이었다. 썩은 내가 코를 찔렀다. 이미남이 얼굴을 찡그렸다.

"대책 없이 쓰레기를 이렇게 쌓아 놓다니!"

수지가 코를 쥐고 말했다.

"우리 아빠가 모루동은 참 공기가 좋았었는데, 어느 순간부터 탁해졌다고 했거든. 바로 이 쓰레기들 때문이었나 봐!"

수표가 대꾸했다.

"설마, 밤중에 올라가던 트럭이 쓰레기차였나?"

"으윽!"

이미남이 갑자기 인상을 쓰며 다친 팔을 잡았다. 우진이가 이미남을 부축했다.

"아저씨 괜찮으세요?"

"아무래도 팔이 부러진 것 같지만…… 괜찮다."

이미남이 다치지 않은 팔로 우진이의 머리를 쓰다듬었다.

우진이의 배낭 안에서 골드문스톤이 다시 웅웅 소리를 내며 점점 거칠게 진동했다. 이미남이 말했다.

"골드문스톤이 계속 진동하는 걸 보니 우리가 때를 잘 맞춘 것 같구나. 우진아, 지금 당장 골드문스톤을 꺼내렴."

우진이가 안고 있던 똥요강을 수표에게 넘겼다. 수표가 인상을 찌푸렸다. 우진이가 배낭에서 골드문스톤을 꺼냈다.

"그다음 내가 시키는 대로…… 헉!"

갑자기 이미남이 하던 말을 멈추었다. 그러더니 놀란 표정을 지으며 그 자리에서 쓰러졌다.

"으하하하!"

최곡대 소장의 웃음소리였다. 쓰러진 이미남 뒤에 최곡대가 기다란 나무 막대기를 들고 서 있었다.

"아저씨!"

수지가 이미남에게 달려갔다. 그 틈을 타 최곡대는 우진이가 들고 있던 골드문스톤을 홱 낚아챘다.

"찾았다, 내 골드문스톤!"

수지가 무릎에 이미남의 머리를 받쳤다. 수표는 연이은 갑작스런 상황에 최곡대를 멍하니 쳐다보고만 있었다.

우진이가 소리쳤다.

"아저씨! 돌려주세요! 지금 골드문스톤이 없으면 지구가 멸망한다고요! 절대 용서받지 못해요!"

"그런 헛소리에 내가 속을 줄 알고? 엄청난 에너지를 가진 이 골드문스톤만 있으면 핵 보유국보다 더 큰 힘을 갖게 되는 거야. 그러면 바로 나! 최곡대가 이 지구에서 최고 권력을 손에 넣는 거지! 감히 누가 이런 나를 용서하고 말고 한다는 거야!"

이미 최곡대의 귀에는 아무 말도 들리지 않았다.

"이렇게 된 이상 이 나라에 미련은 없어! 나는 이미 미국에 망명 신청을 해 뒀거든. 골드문스톤을 가지고 떠날 거야! 그리고 이 연구소는 곧 폭발해 사라져 버릴 거다! 우주선도! 전부 다!"

"폭발?"

세 아이는 깜짝 놀랐다.

"이 연구소는 어차피 처음부터 내가 세웠으니, 없애는 것도 내 자유 아니겠어?"

수지가 소리쳤다.

"안 돼요! 이렇게 거대한 연구소를 폭발로 날려 버리면 그 영향으로 산사태가 나서 모루동 사람들을 덮칠 거라고요!"

우진이도 맞받아쳤다.

"그 누구한테도 우리 모루동을 망가뜨릴 권리는 없어요! 아

142

저씨는 그저 추악한 욕심이 가득한 인간일 뿐이라고요!"

"시끄러! 지금쯤 김 부장이 연구소가 폭발하도록 컴퓨터로 완벽히 프로그래밍했을 거야! 으하하하! 모든 게 완벽해!"

갑자기 구름이 달을 가리며 사위가 컴컴해졌다. 급작스럽게 변한 밤하늘을 최곡대와 세 아이들이 올려다보았다. 곧 구름이 달을 완벽히 가리자 골드문스톤이 진동을 뚝 멈췄다.

그때, 수표와 수지가 최곡대에게 몸을 날렸다. 최곡대는 순식간에 수표와 수지에게 깔려 안고 있던 골드문스톤을 놓치고 말았다. 수지가 헐레벌떡 뛰어가 골드문스톤을 잡았다. 그러고는 우진이를 향해 던졌다.

"우진 오빠! 이거 받아!"

우진이가 골드문스톤을 잽싸게 받았다. 다시 달이 구름을 벗어나자, 골드문스톤이 또다시 요동치기 시작했다. 우진이는 뭘 어찌해야 할지 몰라 당황했다.

"이미남 아저씨! 좀 일어나 보세요!"

우진이가 아무리 소리쳐도 쓰러진 이미남은 정신을 차리지 못했다. 수표가 소리쳤다.

"초우진, 일단 뭐든 해 보라고!"

우진이가 머뭇거리며 골드문스톤을 좌우로 흔들었다. 공중으

로 몇 번 던졌다 받기도 했다. 그러는 사이 최곡대는 빠져나오
려 안간힘을 썼지만 자그마한 몸은 덩치가 큰 수표 몸에 깔려
도무지 움직여지지 않았다.

"김 부장! 김 부장은 왜 안 돌아오는 거야! 켁켁!"

수지가 소리쳤다.

"우진 오빠! 일단 주문이라도 외워 봐! 주문 아는 거 없어?"

우진이는 주문이라는 말에 당황하며 입을 움찔거렸다.

144

"저기, 그러니까…… C9C9 행성의 신이시여! 비나이다, 비나이다. 천지신명께 비나이다!"

수표가 어이없어하며 최곡대를 압박하고 있던 몸을 일으키며 신경질을 냈다.

"야! 거기서 천지신명이 왜 나와!"

"아, 몰라! 아무거나 외워 보라며! 신이시여! 우리 지구를 구해 주소서!"

우진이가 계속 주문을 외치며 하늘을 향해 골드문스톤을 번쩍 치켜들었다.

그때, 골드문스톤의 진동이 심하게 격렬해지자 우진이가 놀라

골드문스톤을 가슴께로 내렸다. 곧 지진이 난 듯 땅이 흔들렸고 달에서 한 줄기 빛이 나오더니 골드문스톤을 향해 곧게 뻗어 내려갔다. 그러자 골드문스톤의 진동이 잠깐 멈추는 듯하더니 이어 골드문스톤으로부터 빛줄기가 반듯하게 나아가 쓰레기 더미 어딘가를 비추었다. 공 남매가 소리쳤다.

"어어?"

"C9C9 행성의 신이 기도를 들어줬나 봐!"

우진이가 빛줄기가 닿은 곳을 가리켰다.

"얘들아, 저기야! 달빛이 가리키는 곳! 저기 쓰레기를 치워 보자!"

우진이가 골드문스톤을 배낭에 집어넣고 쓰레기 더미로 달려갔다. 우진이와 수지, 수표는 온 힘을 다해 맨손으로 골드문스톤에서 나온 빛줄기가 가리킨 곳의 쓰레기 더미를 파헤쳤다. 오랫동안 쌓여 왔던 쓰레기 산인지라, 아무리 쓰레기를 파내도 도통 바닥이 보이질 않았다. 우진이가 실버문을 꺼내자 실버문은 금방 커다란 삽으로 변했다.

뒤늦게 돌아온 김 부장은 쓰레기 산을 오르다가 미끄러져 넘어지기를 반복했다. 최곡대는 흔들리는 쓰레기 더미에서 중심을 잡느라 휘청거렸다. 우진이가 삽으로 변한 실버문으로 쓰레기를 빠르게 파헤쳤다. 겨울인데도 불구하고 우진이의 온몸에서 땀이 줄줄 흘렀다.

한참을 정신없이 쓰레기 더미를 치우다 보니 검붉은 흙바닥이 나왔다. 흙바닥에는 무릎 높이의 오목한 둔덕이 있었다. 그때 가까스로 정신을 차린 이미남이 소리쳤다.

"우진아, 붉은빛이 나오는 저 둔덕으로 가라!"

이미남의 말에 우진이는 둔덕으로 가까이 다가갔다. 둔덕은 오목한 부분에서 자그마한 화산처럼 새빨간 빛을 뿜었다. 그러더니 붉은빛 사이로 낡은 요강과 똑같이 생긴 둥그렇고 빛바랜 물체가 천천히 떠올랐다. 이미 에너지를 다 소진해 잿빛으로 변한 골드문스톤이었다.

배낭 속 골드문스톤은 더 세게 진동하며 처음 봤을 때처럼 푸른빛을 뿜더니 그 빛이 밖으로까지 새어 나왔다. 동시에 지진이 난 듯 땅이 거칠게 흔들렸다. 쓰레기 산도 이리저리 흔들리며 무너졌다. 우진이가 공 남매를 향해 외쳤다.

"얘들아, 이제 내려가! 얼른!"

공 남매가 재빨리 쓰레기 산을 내려가는 걸 확인한 우진이가 안도했다.

"우진아, 저 붉은빛을 베어야 해! 서둘러라!"

이미남이 외치는 말을 들은 듯 우진이 손에 들린 삽이 다시 실버문으로 변했다. 땅은 계속해서 요동치고 우진이의 손은 벌벌 떨렸다.

"비켜! 내 골드문스톤 빨리 내놔!"

최곡대는 계속 미끄러지면서도 끝까지 우진이를 붙잡으려 쓰레기 산을 기어 올라왔다.

우진이는 심호흡을 한 뒤, 곧바로 붉은빛을 향해 실버문을 내둘렀다. 내두른 방향대로 빛이 어슷하게 두 동강이 났다. 그러자 떠 있던 잿빛 골드문스톤이 최곡대 앞으로 데구루루 굴러갔다. 굴러온 골드문스톤을 발견한 최곡대는 눈을 이글거리며 눈앞의 잿빛 골드문스톤을 향해 팔을 뻗었다.

그사이 우진이는 배낭에서 골드문스톤을 꺼내서 온 정신을 집중해 머리 위로 번쩍 들었다. 골드문스톤이 달빛을 완연히 받는 순간, 붕 떠오르며 우진이의 손을 떠나 둔덕 위로 저절로 이동했다. 그러더니 푸른빛을 뿜으며 천천히 회전했다. 회전은 점점 빨라졌다. 그러다 둔덕의 오목한 부분이 골드문스톤을 흡수하듯 삼켰다. 오목한 부분으로 들어가기 직전, 골드문스톤의 강렬한 푸른빛이 한순간 모루동 하늘 위로 번쩍였다.

잠시 뒤, 골드문스톤을 삼킨 검붉은 둔덕은 아무 일도 없었

다는 듯 고요해졌다.

이미남은 가까스로 수표와 수지의 손을 잡고 몸을 일으켰다. 이미남과 아이들이 맞잡은 손에는 식은땀이 나 있었다. 이미남이 기쁜 얼굴로 소리쳤다.

"성공이야! 초우진, 네가 해냈어!"

네 사람은 서로 부둥켜안고 펄쩍펄쩍 뛰었다. 수표와 수지마저 서로 손을 맞잡고 기뻐했다. 우진이는 한 번도 본 적 없는 공 남매의 모습이었다.

우진이는 이미남을 바라보았다. 뭐라고 말해야 할지, 적당한 말이 떠오르지 않았다. 그때 이미남이 빙긋이 웃으며 우진이의 어깨를 꽉 잡았다.

"너희가 해낸 거야! 지구 멸망을 막았다고! 만약 너희가 없었다면…… 정말 상상도 하고 싶지 않구나. 하하하!"

수지가 히죽거리며 말했다.

"전 다 잘될 줄 알았어요. 어쩐지 따라오고 싶었다니까요? 아저씨가 좀 덤벙거리는 것 같고 믿음이 좀 안 갔지만요. 그렇지, 수표 오빠?"

수표가 수지를 따라 벙글벙글 웃었다. 우진이도 이미남을 바라보며 배시시 웃었다. 이미남의 크고 따뜻한 손을 계속 잡고 싶다는 생각이 들었다. 우진이는 어쩐지 가슴이 벅차올랐다.

한편, 최곡대와 김 부장은 빛을 잃은 골드문스톤을 끌어안고 연구소로 달려갔다.

"드디어 골드문스톤이 내 품에 다시 돌아왔군! 그렇다고 내가 이대로 두고 보기만 할 줄 알아?"

수지가 잿빛 골드문스톤을 끌어안고 뛰어가는 최곡대와 김 부장을 바라보다 이미남에게 물었다.

"이제 저 골드문스톤은 어떻게 되는 거예요?"

"저 골드문스톤은 아무 쓸모가 없어. 요강으로도 못 쓰지. 이제 지구는 새 골드문스톤을 품은 거야. 하지만 그렇다고 망가져 버린 지구 환경이 다시 회복된 건 아니란다. 그저 수명이 연장되었을 뿐, 앞으로도 인간들이 최곡대처럼 계속 지구를 망가뜨린다면, 지구의 미래는 장담하지 못할 거다."

수표가 똥요강을 들어 우진이에게 내밀었다.

"우진아, 이거 챙겨야지!"

우진이가 얼른 요강을 받아 안았다. 그러다 이미남이 뭔가 생각났다는 듯 외쳤다.

"아, 맞다! 연구소 폭발을 막아야 해!"

네 사람은 황급히 연구소 뒷문으로 향했다.

11. 최곡대의 최후

최곡대 소장과 김 부장은 최곡대의 소장실로 재빨리 들어갔다. 최곡대가 잿빛 골드문스톤을 흐뭇하게 바라보았다. 김 부장이 말했다.

"프로그래밍해 놓았습니다. 이제 폭발 버튼만 누르시면 됩니다."

"좋아. 어차피 이 연구소는 다 끝났어! 감히 나를 쫓아내고 내 연구소를 자기들 마음대로 쓰겠다고? 그 꼴은 죽어도 못 보지! 다 없애 버릴 거야! 지긋지긋한 모루고개도 이제 버튼 하나만 누르면 끝이야. 더 이상 우주선도 필요 없고, 나는 이 골드문스톤만 있으면 돼!"

그때, 요란한 발소리와 함께 최곡대 소장실 문이 벌컥 열렸다.

152

안으로 들어온 세 아이들이 동시에 소리쳤다.

"멈춰요!"

뒤따라 들어온 이미남이 최곡대를 달래듯 말했다.

"제발 정신 좀 차려요! 여길 폭파시키는 게 당신에게 무슨 이익이 있습니까?"

최곡대 소장이 부르르 떨며 김 부장을 향해 소리쳤다.

"뭐 해! 어서 폭발 버튼 눌러!"

김 부장이 진땀을 흘리며 외쳤다.

"소장님, 컴퓨터가 먹통이에요!"

최곡대가 김 부장을 있는 힘껏 밀치고 컴퓨터 앞으로 다가갔다. 그러자 김 부장이 바닥에 나동그라졌다. 최곡대가 다급히 모니터에 얼굴을 들이밀었다. 순간 수지는 소장실에 처음 들어왔을 때, 컴퓨터 전원 선에 걸려 넘어질 뻔했던 것이 기억났다. 분명 그 탓에 컴퓨터의 전원 선 플러그와 콘센트 사이가 헐거워졌을 거라는 생각이 들었다.

우진이가 결심한 듯 바닥에 무릎을 꿇고 앉아 똥요강을 감싼 보자기를 풀었다. 그러고는 똥요강을 품에 안고 크게 심호흡을 한 뒤, 최곡대를 향해 배구공을 날리듯 힘껏 던졌다. 빠르게 날아간 똥요강은 뒤집히며 최곡대와 김 부장의 머리 위로 똥오줌을 쏟아부었다.

"으악, 이게 뭐야!"

최곡대와 김 부장이 제자리에서 뛰며 몸을 털고 수선을 떨었다. 구리구리한 냄새가 코를 찔렀다. 바로 그때 전기가 팟 튀더니 최곡대가 무언가를 발견하고는 얼굴이 사색이 됐다. 양손에 플러그를 한 움큼 쥔 수지의 모습이였다.

"오빠, 내가 여기 플러그 다 뽑았다아!"

최곡대가 망연자실한 얼굴로 컴퓨터를 쳐다보았다. 그때 우진이가 실버문으로 컴퓨터를 두 동강 냈다.

최곡대가 자리에 그대로 풀썩 주저앉았다. 김 부장도 그 옆에서 주저앉아 최곡대를 허망하게 바라보았다. 한동안 서로 멀거니 바라보고만 있던 최곡대와 김 부장이 슬슬 미간을 찌푸리며 슬그머니 코를 감싸 쥐었다. 김 부장이 먼저 최곡대에게 등을 돌리며 구역질을 했다.

"우웩!"

그 틈을 타 이미남과 아이들이 재빨리 소장실 밖으로 나갔다. 소장실 맞은편의 또 다른 거대한 철문이 이미남의 눈에 들어왔다. 이미남이 철문 앞에 멈춰 서서 아이들에게 손짓했다.

"얘들아, 이리 와 봐. 이 안에서 기운이 느껴져. 아마도 내가 지구에 올 때 타고 왔던 우주선이 이 방에 있는 것 같아."

수표가 말했다.

"근데 이 문은 출입증이 있어야 열리나 봐요."

이미남이 문 쪽에 실버문을 대자, 완벽할 정도로 빈틈이 없어 보이던 문 사이로 칼날이 휘감기듯 들어갔다. 이미남이 실버문을 위에서 아래로 힘주어 내리니 문틈이 스르륵 벌어지면서 문이 열렸다. 안으로 들어간 초공 삼총사는 눈앞의 광경에 입을 떡 벌렸다. 거대한 우주선이 매끈한 모양새로 은빛 광채를 뿜으며 위엄 있게 자리하고 있었다.

우진이가 말했다.

"저거…… 모형 우주선 아니죠?"

세 아이는 신기한 듯 우주선 주변을 빙글빙글 돌며 살펴보았다. 우진이가 말했다.

"아저씨, 진짜 이걸 타고 지구로 온 거예요?"

이미남이 상기된 얼굴로 고개를 끄덕거렸다.

"그래. 다행히 아직 멀쩡하게 작동하는 듯하구나. 내 임무도 완수했으니, 이제는 정말 헤어져야 할 시간이네."

삼총사는 아쉬운지 말을 잇지 못했다.

"하지만 보고가 끝나는 대로 조만간 다시 지구로 돌아오려고

생각 중이야. 너희는 모르겠지만, 온 우주에서 가장 아름다운
행성은 바로 지구란다. 아직 지구에는 자연을 훼손하는 탐욕스
럽고 이기적인 인간들이 많지만…… 너희가 어른이 되면, 지구
가 더 나아지겠지?"

우진이가 고개를 크게 끄덕였다.

"정말 고마웠다, 얘들아."

이미남이 수표와 수지의 눈을 차례차례 바라보았고, 마지막으로 우진이와 눈을 맞추었다. 우진이는 이미남과 악수해야 하는지, 끌어안아야 하는지 잠시 고민했다. 그런데 이미남이 우진이의 손을 잡고 다른 한 손으로는 수표와 수지의 손을 잡았다. 순간 이미남을 보내고 싶지 않은 마음이 든 우진이가 말했다.

"아저씨, 팔은 괜찮으세요?"

"좀 아프긴 하지만, 우리 행성으로 돌아가면 금방 고칠 수 있단다."

이미남이 웃으며 말했다.

"얘들아, 서로 손을 맞잡아 봐. 너희에게 마지막 선물을 주고 갈게."

아이들은 영문도 모른 채 서로 손을 맞잡았다. 그러자 초공삼총사의 눈앞에 우주의 드넓은 광경이 펼쳐졌다. 아이들은 별들이 쏟아지는 우주를 천천히 유영하는 기분이 들었다. 카시오페이아자리와 페가수스자리를 지나 은가루를 뿌려 놓은 것 같은 은하수를 건넜다. 부드러운 바람을 맞으며 하늘을 나는 것 같았고, 따끈한 물속에서 헤엄치는 것도 같았다.

이미남이 천천히 아이들의 손을 놓았다. 우진이는 이미남의 손을 놓고 싶지 않아 최대한 꾸물거렸다. 이미남이 우진이를 지그시 바라보며 어깨에 살짝 손을 올렸다.

"너희를 위험에 빠뜨렸던 것 같아서 미안했다. 하지만 덕분에 골드문스톤도 찾고, 지구를 구할 수 있었어. 그러니까 너희가 이 지구를 구한 거야. 자부심을 가져도 돼."

짧은 시간이었지만 우진이는 이미남과 함께한 시간이 즐거웠다. 이미남과 함께여서였는지 위험한 순간에도 그리 겁나지 않았었다. 울컥한 마음이 든 우진이에게 알 수 없는 감정이 몰려왔다. 어쩐지 이대로 헤어지면 안 될 것 같았다.

이미남이 우주선 입구로 다가가 오른 손바닥을 입구에 댔다. 그러자 입구가 스르륵 열렸다.

그때였다. 누군가 급하게 이미남을 향해 달려왔다. 그러더니 펄쩍 뛰어올라 다짜고짜 이미남의 뺨을 때렸다.

철썩!

어찌나 맵고 강력했는지 이미남의 기다란 몸이 휘청거렸다. 갑작스런 상황에 이미남이 뺨을 부여잡았다. 우진이가 눈을 동그랗게 뜨며 외쳤다.

"어? 엄마!"

우진이의 엄마 초연지가 눈을 부릅뜨고 이미남에게 소리 질렀다.

"이미남! 당신이 어떻게 나한테 이럴 수 있어? 설마 그동안 나를 피해 다닌 거야?"

"누구…… 어?"

뺨을 맞은 순간, 너무나도 익숙한 손의 촉감 때문에 지구에 도착한 뒤 잊어버렸던 두 달의 기억이 이미남의 머릿속에 주마등처럼 스쳐 지나갔다.

"연지 씨!"

우주선이 지구에 불시착했던 그날, 모루고개를 내려오다 정신을 잃은 이미남의 뺨을 찰싹찰싹 때려 정신을 차리게 해 준 시원시원한 성격의 그녀, 초연지.

이미남이 초연지를 애틋한 눈으로 바라보았다. 그리고 초연지의 두 손을 꼬옥 잡았다.

"연지 씨, 어찌 이리 야위었나요? 내가 좋아했던 통통한 볼살은 어디로 사라지고요?"

"당신 너무해……. 이미남이라는 이름도 내가 지어 준 거잖아요! 어디 있다 이제 왔냐고요!"

"미안해요. 그동안 기억을 잃고 있었어요. 바로 옆에 당신을 두고도 알아보지 못한 내가 원망스러워. 내가 왜 이 동네를 그렇게 헤매고 다닌 건지, 왜 이 동네를 떠날 수 없었던 건지 이제 알았어요. 결국 당신 때문이었던 것을……."

"인기 없는 웹 소설 작가가 혼자 자식을 키우며 사는 게 쉽진 않았어요."

이미남과 초연지는 애틋한 얼굴로 서로 뜨겁게 끌어안았다.

"당신 아들이에요. 초우진!"

초연지가 우진이를 가리키자 이미남이 감격스러운 얼굴로 우진이를 내려다보았다. 우진이는 어안이 벙벙해 어리둥절한 채로 이미남을 쳐다보았다. 전혀 예상하지 못했던, 아빠와의 갑작스러운 상봉 순간이었다.

"뭐? 이미남 아저씨가 우진이네 아빠?"

수표가 두 눈을 동그랗게 떴다. 수지는 너무 놀란 나머지 입을 떡 벌린 채 그 자리에서 굳어 버렸다.

"그랬구나. 이제야 모든 게 이해가 가. 우진이 네가 왜 그렇게 특별하게 느껴졌는지!"

이미남은 우진이를 꼭 끌어안았다. 우진이도 이미남을 끌어안았다. 가슴이 먹먹하고 뜨거워졌다. 아빠를 안은 우진이의 두 팔에 점점 힘이 들어갔다. 만나면 하고 싶은 말이 너무 많았는데, 막상 만나니 무슨 말을 해야 할지 머릿속이 새하얬다. 그저 아빠를 안은 이 순간이 멈추길 바랐다. 겨우 만난 아빠와 만나자마자 헤어져야 한다니, 이 상황이 엄마와 자신에게 너무 잔인하다는 생각도 들었다.

이미남이 우진이와 초연지를 바라보며 말했다.

"꼭 다시 돌아올 테니 조금만 기다려 줘요. 그때는 좀 더 멋진 모습으로 돌아올게요. 우진아, 아빠가 몰라봐서 미안하구나. 잘 커 줘서 정말 고맙다."

아빠의 말에 우진이는 눈물을 꾹 참으며 고개를 끄덕거렸다.

이미남이 손을 흔들며 우주선 안으로 들어갔다. 우진이는 아빠의 네 번째 손가락에 있는 반지가 달빛을 받아 반짝거리는 모습을 보았다.

이미남이 탄 우주선이 흔들거리며 바닥에서 떠오르기 시작했다. 우주선에서 위잉, 하는 소리가 났다. 그러고는 하늘로 치솟아 쏜살같이 바람을 가로지르며 사라졌다.

우진이와 공 남매, 그리고 초연지는 달빛이 찬란한 밤하늘을 한없이 바라보았다.

12. 모루동 친환경 연구소

최곡대 소장과 김 부장은 연구소 밖으로 뛰쳐나와 모루고개 내리막길로 뛰었다. 김 부장이 말했다.

"소장님, 우주선은 포기해도 되는 거겠죠?"

"당연하지! 골드문스톤이 이렇게 내 품에 있잖아! 이 귀한 걸 버리고 가다니. 낄낄! 어차피 열리지도 않는 우주선 따위, 이제 필요 없어. 골드문스톤만 있으면 아직 내게 기회는 충분하다고!"

오줌똥을 뒤집어쓴 두 사람이 껄껄 웃으며 걸었다. 두 사람을 지나쳐 가는 사람마다 인상을 쓰며 코를 움켜쥐었다.

우진이는 바지춤에 끼워 둔 실버문을 만지작거렸다. 그리고 이미남과 마지막 작별 인사했을 때를 떠올렸다.

"골드문스톤과 지구는 서로 끌어당기는 힘이 있지만, 골드문

스톤과 인간은 서로 밀어내는 힘이 있단다. 그런데 너는 마치 우리 C9C9 행성인들처럼 골드문스톤과 서로 끌어당기는 힘을 지녔길래, 언젠가 지구에 왔던 우리 선조의 피를 물려받은 건 아닌가 했지. 그런데 네가 내 핏줄이라니, 앞으로 너는 더욱 건강해지고 힘도 더 세질 거야."

이미남은 우진이가 옆구리에 찬 실버문을 툭 건드리고는 웃으며 말했다.

"이건 네게 주는 선물이다. 오직 이 칼의 주인, 초우진만이 제대로 다룰 수 있단다. 그러니 꼭 필요할 때만 사용해야 한다."

우진이도 웃으며 고개를 끄덕였다.

어느새 새해 첫 달이 되었다. 멈출 줄 모르고 높이높이 자라던 대파는 시들시들해졌다. 태봉산의 나무들도 이제 잎이 다 떨어져 완연한 겨울 풍경으로 돌아왔다는 뉴스가 흘러나왔다. 사람들은 태봉산에서 일어났던 기이한 현상의 정확한 원인을 밝혀내지 못했다.

우진이와 엄마는 요강을 깨끗이 닦아 도로 다락에 올려두었다. 일상으로 돌아온 초공 삼총사는 여느 때처럼 수표 편의점 앞 탁자에 앉아 뜨거운 컵라면을 먹고 있었다. 사람들을 가득

태운 셔틀버스가 수표 편의점을 지나 모루고개 꼭대기를 향해 바삐 올라갔다. 곡대 연구소의 쓰레기 산은 사라지고, 모루고개는 청결하고 세련된 곳으로 탈바꿈했다. 곡대 연구소는 이제 모루동을 대표하는 '모루동 친환경 연구소'가 되었다. 모루동의 생태를 관리하는 연구소이자, 아이들에게 환경 문제를 알리고 올바른 폐기물 처리 과정을 보여 주는 기관으로 운영하기로 했다.

우진이가 말했다.

"우리 주말에 친환경 연구소로 놀러 갈래?"

수표가 면발을 입에 넣고 우물거리며 대답했다.

"그럴까? 근데 거기엔 우리가 본 것보다 신기한 것도, 재미있는 것도 없을걸?"

수지가 자랑스레 말했다.

"우리는 무려 우주를 여행하고 온 사람들이니까!"

우진이가 웃더니 이어 말했다.

"그런데 그 나쁜 아저씨들은 어떻게 됐을까? 모루고개에 멋대로 불법 쓰레기 매립장을 만들어 놓고 도망가 버렸는데, 두 사람 다 아직 못 찾았다며?"

수지가 입에 한가득 면을 넣은 채 말했다.

"어디선가 맨날 빛바랜 골드문스톤만 끌어안고 있겠지."

우진이가 컵라면 용기에서 면발을 뒤적거리며 말했다.

"뭐, 덕분에 모루동이 알려져서 친환경 연구소도 세워지고 뉴스에도 나오고 관광객들까지 생겼으니, 다행인 건가?"

세 아이는 깔깔 웃으며 다시 머리를 맞대고 남은 라면을 마저 먹었다. 가장 먼저 컵라면 용기를 싹 비운 우진이가 말했다.

"다 먹었으면 분리수거도 확실하게 해야지."

자리에서 일어난 삼총사는 먹은 것들을 분리수거함에 정리했다. 수표 편의점 유리창에는 아이들이 한 자 한 자 써 놓은 종이가 붙어 있었다.

이곳은 지구를 사랑하는 수표 편의점입니다. 비닐봉지는 없습니다. 장바구니를 준비해 주세요.

수표가 말했다.

"이렇게 써 놔도 손님들은 맨날 비닐봉지 달래."

"수표 오빠가 쓴 글이 지렁이 같아서 잘 안 읽히는 거 아냐?"

수지가 킥킥 웃으며 놀리자 수표가 씩씩거리며 답했다.

"너는 항상 말도 안 되는 소리만 해!"

우진이가 못 말린다는 듯 어깨를 으쓱했다.

166

우진이는 골드문스톤이라는 새로운 생명의 힘을 얻은 지구가 모루동처럼 다시 건강히 회복되었으면 좋겠다는 생각이 들었다. 인간의 욕심으로 망가진 지구는 결국 인간의 힘으로 회복되고 치유될 것이다. 우진이가 해냈던 것처럼, 모든 걸 되돌릴 수 있는 힘은 오직 인간에게 있다.

이미남이 떠난 지 한 달이 지났고, 우진이네 일상도 이전과 똑같이 흘러갔다. 다만 우진이는 전처럼 자주 피곤하거나 아프지 않았다. 오히려 더 건강해져 우진이 엄마, 초연지가 안심하고 있다는 점이 다르다면 다른 점이었다.

또 엄마 초연지가 쓴 웹 소설이 인기를 얻기 시작했다. 역경을 딛고 영원한 사랑을 약속한 연인의 이야기였다. 초연지 작가의 웹 소설이 큰 인기를 끌게 된 건 이미남이 떠나고 불과 몇 달 뒤에 일어난 일이었다. 운이 좋으면, 우진이는 집 안에 욕실이 딸린 집으로 이사 가게 될 것이다.

우진이가 티격태격하는 수표와 수지를 향해 피식 웃었다. 그러고는 허리춤에 찬 실버문을 슬쩍 쓰다듬었다. 사실 우진이는 욕실 딸린 집보다는, 곧 다가올 아빠와의 재회에 더 설레고 있는 건지도 몰랐다.

작가의 말

지구를 아끼고 사랑하는 어린이 영웅들에게

한창 호기심 많을 여러분들은 이 세상에 책 말고도 재미있는 것들이 많지요? 그런데 너무나 고맙게도 우리 친구들은 《한 달 뒤, 지구는 멸망합니다》를 다 읽고 지금 '작가의 말'도 읽고 있네요.

작가가 되고 나서 저는 몇 가지 소망이 생겼답니다. 적어도 책에 빠져 있는 순간만큼은, 어린이들이 근심과 걱정 따위는 잊고 이야기 속에서 즐겁고 신나게 놀 수 있도록 해 주자는 소망! 그리고 책을 덮는 순간, 어린이들의 마음속에 여운을 남기고 싶다는 저만의 소망이에요.

여러분은 이 이야기에서 초우진, 그리고 공 남매와 지구를 구하는 순간을 함께했어요. 어땠나요? 지구 환경이 망가지고 오염되는 장면들을 뉴스나 유튜브 등 여러 매체에서 자주 보았을 거예요. 인간의 이기심과 욕심 때문에 지구에 사는 여린 생명들이 온갖 위험에 빠지거나 잔인함과 마주해야만 하는 현실은

170

너무 가혹하기만 하지요.

지금 이 순간에도 죽거나 다치고 있을 생명들을 위해 우리가 당장이라도 할 수 있는 일은 없을까요? 의외로 우리가 일상에서 할 수 있는 일이 있답니다. 비닐봉지 대신 장바구니를 사용하고 각종 플라스틱 쓰레기나 음식물 쓰레기를 줄이는 것이지요. 중고 제품이나 친환경 제품을 사용하고 쓰레기 분리배출을 철저히 할 수도 있고요. 내가 쓰는 물건들을 아끼면서 재활용하는 것도 지구 환경을 지키는 작은 첫걸음이에요.

물론 개인의 노력뿐만 아니라 기업의 노력도 필요해요. 기업은 물건을 만들 때 플라스틱을 최소한으로 사용하는 등 환경에 대한 책임 의식이 반드시 있어야 하겠지요.

초능력이 있거나 힘이 센 사람만이 지구를 지키는 영웅이 되는 건 아니랍니다. 지구를 위한 작은 실천을 하는 우리 친구들이야말로 진정한 '지구의 영웅'이에요. 우진이와 수지, 수표처럼요. 이런 장난꾸러기들이 지구를 구할 거라고 누가 상상이나 했을까요?

저는 한 유명한 노래의 가사처럼 '사람이 꽃보다 아름답다.'라고 생각해요. 이 세상을 사는 여러분도 꽃보다 아름다운 존재들이랍니다. 세상을 천진하게 바라보고, 밝은 웃음을 잃지 않는 우리 친구들이 있기에 이 세상은 더욱더 아름다워질 거라 믿어요. 그래서 저는 늘 어린이 친구들을 응원해요.

우리 친구들이 이 책을 다 읽고 덮을 즈음에, 저는 저 멀리 C9C9 행성을 여행하면서 다음에 들려줄 재미난 이야기들을 이야기보따리에 가득 담아 올게요!

강별 편집자님, 그리고 뜻깊은 공모전을 마련해 주신 미래엔 아이세움에게 감사드립니다. 박현숙 선생님, 임지형 선생님께도 감사의 말씀을 전합니다.

C9C9 행성에서, 이레